Über den Autor

Lars Landers lebt und arbeitet in Berlin-Mitte. Er hat in Berlin, der Fahrradstadt Münster und in der Hauptstadt der USA, Washington D.C., studiert.

Mit »Ich werde älter« legte er seinen ersten Roman vor. »Nichts bleibt ... wie es war« und »Kaputt« folgen als zweiter und dritter Roman.

Weitere Romane, wie das »Handbuch zum Unglücklichsein«, »Sonnengott« und »Q«, befinden sich in verschiedenen Vorbereitungsstadien.

Sein Genre ist die Belletristik.

www.larslanders.info

Lars Landers

Kaputt

Roman

Bibliografische Information der Deutschen Nationalbibliothek:
Die Deutsche Nationalbibliothek verzeichnet diese Publikation
In der Deutschen Nationalbibliografie, detailierte bibliografische
Daten sind im Internet unter http://dnb.dnb.de abrufbar

© 2014 Lars Landers
Lektorat: Dr. Sven Sohr, Berlin
Coverbild: Martin Lewandowski, Berlin

Herstellung und Verlag: BoD – Books on Demand, Norderstedt

ISBN: 9 783735 775108

Allen verlorenen Seelen

Kapitel 1 – 34. KW, Dienstag, 16.00 Uhr

»Guten Tag, Herr Schmidt, nehmen sie bitte Platz.«
»Danke und ebenfalls guten Tag.«
»Machen sie es sich bequem.«
»Hab ich schon.«
»Also gut, Herr Schmidt, darf ich sie zunächst fragen, wie sie auf mich gekommen sind?«
»Telefonbuch.«
»Aha, gut, dann würde ich zunächst gern die Formalitäten erledigen, wenn es ihnen recht ist.«
»Ist recht.«
»Meine Mitarbeiterin, Frau Radow, hat bei der telefonischen Aufnahme Matthias Schmidt, 49 Jahre, notiert. Ist das richtig?«
»Bis auf das Alter gelogen.«
[Schweigen]
»Aha, wie heißen sie denn wirklich.«
[Schweigen]
»Schönes Zimmer, besonders die Couch gefällt mir, könnte aus einer Filmszene stammen.«
»Danke, noch einmal zurück zu ihrem…«
»Gustav Gans.«
»Sehr witzig.«
»Sie lachen aber gar nicht.«
»Dagobert Duck.«
»Ich verstehe nicht.«
»Ist dir Drögör Gustavson lieber? Sonst belässt du's besser bei Schmidt oder einfach Matthias.«
»Ich möchte nicht, dass sie mich duzen.«
»Warum nicht? Ist doch viel vertrauter, kommen wir eher zur Sache. Machen wir gleich auf Verständnis und Nähe, ersparen uns das Vorspiel.«
»Ohne professionelle Distanz zu ihnen geht es nicht.«
»Für dich oder mich?«
»Wollen sie ein Spiel mit mir spielen? Dann verschwenden sie ihre und meine Zeit und zusätzlich ihr Geld.«

[Schweigen]
»Ich duze alle!«
»War das schon immer so?«
»Nein.«
»Könnten sie dann bei mir bitte eine Ausnahme machen?«
»Wieso?«
»Damit es mir in unserem Gespräch besser geht.«
»Hmh.«
»Lassen sie es einfach sacken. Ich lade sie herzlich ein, einmal eine Ausnahme von ihrer Regel zu machen.«
»…Lasse es sacken.«
»Warum wollen sie mir Ihren Namen nicht verraten?«
»Bin abgetaucht.«
»Abgetaucht?«
»Ich möchte nicht gefunden werden.«
»Von wem?«
»Meiner Frau, meinen beiden Töchtern, der Steuerfahndung, die Liste ist lang.«
»Haben sie etwas verbrochen?«
»Du meinst im Sinne von Verbrechen?«
»Sie bitte!«
»Nein, ich habe kein Verbrechen begangen.«
»Warum wollen sie sich dann nicht finden lassen und Ihrer Vergangenheit stellen?«
»Weil ich die Mösen nicht mehr sehen konnte.«
»Was meinen sie mit Mösen?«
»Ich bin, äh, war Gynäkologe.«
»Und?«
»Ich konnte die Mösen eines Tages einfach nicht mehr sehen und habe alles hingeschmissen.«
»Und dann?«
»Bin ich abgetaucht.«
»Abgetaucht?«
»Besteht dein Job darin, ständig meine Wörter zu wiederholen?«

»Nein, aber manchmal tragen Nachfragen zum besseren Verständnis bei.«
»Aha…Na dann…Bin auf die Balearen, habe dort einige Zeit gelebt, ist aber langweiliger, als man denkt...«
»Man oder sie?«
»Der ganze Aussteigermythos ist der letzte Dreck. Ich fand's scheiß langweilig. Am heftigsten sind die Rentnerparadiese. Die schuften ihr Leben lang, um von einem Hühnerkäfig im Ruhrpott in einen anderen im Paradies umzuziehen. Ist doch Scheiße.«
»Vielleicht sehen das diese Menschen anders!?«
»Vielleicht, vielleicht können die über den Berg Scheiße auch nicht hinüberblicken.«
[Pause]
»Und dann?«
»Bin zurück.«
»Wo ist zurück für sie?«
»Jetzt bin ich hier, bei dir.«
»Bei ihnen!«
»Klar doch.«
»Also gut, Herr Schmidt, warum sind sie wirklich hier? Was wollen sie von mir?«
»Ich habe niemanden zum Reden, muss Geschwüre loswerden?«
»Geschwüre?«
»Gedankengeschwüre, Wülste, Gedärme, 'ne Menge davon.«
»Interessant, wie sie das ausdrücken…Sie haben gar keinen zum Reden?«
»Ja, ja, kritzeln sie ruhig ordentlich mit. Halt die ganze Fäkalienscheiße fest. Vielleicht wird es dann weniger in mir…Oh, ja…«
»Stört es sie, dass ich mir Notizen mache?«
»Ist dein Job!«
»Ihrer bitte!...Aber zurück zur Frage…«
»Nein.«
»Warum nicht?«

»Das ist so, wenn man abtaucht. Sonst funktioniert die Scheiße doch nicht. Noch nie 'nen Agentenfilm gesehen. Alle Kontakte abbrechen…Meinen letzten, noch verbliebenen Freund hab ich vorher schon verlorn.«
»Warum?«
»Weil ich seine Frau gefickt habe.«
»Ich würde mich freuen, wenn sie eine andere Wortwahl treffen würden.«
»Ich rede immer so.«
»Auch früher, in Ihrem Job?«
»Nein.«
»Warum jetzt?«
»Weil ich abgefuckt bin…Das ganze scheiß Spiel nicht mehr mitmache.«
»Was meinen sie mit abgefuckt?«
»Du wiederholst schon wieder das, was ich sage, aber immer nur als Frage. Krickel ruhig rum, aber wiederhol nicht ständig alles. Das nervt.«
»Ich mache meinen Job, ich lade sie ein, mir da zu vertrauen. Und noch mal, bitte siezen sie mich. Was meinen sie also mit abgefuckt?«
»Darüber möchte ich ja mit dir sprechen.«
»Ihnen!«
[Schweigen]
»Hmh, aber irgendwie sind wir doch fast Kollegen.«
»Wenn sie das Studium der Humanmedizin meinen, ja, ansonsten haben wir völlig andere Richtungen eingeschlagen.«
»Ich bin Mösendoktor und du Kopfdoktor. Wir blicken beide tief rein. Kannste gleich notieren.«
[Schweigen]
»Warum haben sie mit der Frau Ihres Freundes geschlafen?«
»Ich ficke sie alle, ich habe sie alle gefickt.«
»Wen?«
»Frauen. Fotzen!«

»Herr Schmidt, bitte respektieren sie mich und meine Wünsche.«
»Klar doch.«
[Schweigen]
»Warum glauben sie, dass ich nicht die Polizei benachrichtige?«
»Weil du an deine berufliche Schweigepflicht gebunden bist.«
»Die hat Grenzen.«
»Duzen, Fäkalausdrücke und Steuerhinterziehung zählen nicht.«
»Was meinen sie mit Steuerhinterziehung?«
»Schwarzgeld, davon lebe ich. Meine Ex will es bestimmt auch haben.«
»Wie wollen sie mich bezahlen, sind sie noch krankenversichert?«
»Nee, nee, natürlich nicht mehr, wie soll 'n das auch funktionieren? Genau aus dieser schwarzen Kasse, in bar, jedes Mal, auf den Tisch. Ich leg 's nachher auf 'n Tisch von der Radow.«
»Wissen sie, was ich nehme?«
»Klar, deine Vorzimmertante hat es mir gleich gesagt, weil ich doch keine Krankenversicherung habe.«
»Wie kann ich sie erreichen, z.B. wenn ich einen Termin absagen muss?«
»Gar nicht, dann gehe ich eben wieder.«
»Wie kommen sie darauf, dass es zu einem weiteren Termin kommen wird?
»Wieso nicht?«
»Wir beide müssen in den ersten Sitzungen klären, ob wir miteinander arbeiten können und wollen.«
»Ich will nicht mit dir arbeiten.«
»Sondern?«
»Nur erzählen.«
»Warum sollte ich das auch wollen?«
»Weil du neugierig bist, sehen willst, wohin das führt, weil du dir beweisen willst, wofür du studiert hast, dass

du gut bist, weil du jung bist, deine Sache hier noch nicht gut läuft.«
»Sie! Warum soll meine Sache noch nicht gut laufen?«
»Normalerweise bekommt man nicht gleich am nächsten Tag einen Termin. Dein Praxisschild an der Hausfassade ist neu, aber kleiner als das vorherige. Wahrscheinlich hast du den Laden erst kürzlich aufgemacht.«
»Aha, die Zeit ist bald um. Wir müssen zum Ende kommen.«
»Wieso? Draußen wartet niemand, ihre so genannte Mitarbeiterin ging, als ich kam, im Wartezimmer war niemand. Ich zahl auch mehr, hab 'ne Menge hinterzogen.«
»Herr Schmidt, ich sage, wann die Zeit für mich vorbei ist oder sie, wenn sie ihrerseits die Sitzung beenden wollen.«
»Okay, das ist'n Deal.«
»Rufen sie bitte Frau Radow an, wenn sie eine weitere Sitzung wollen. Ich mache mir bis dahin meinerseits Gedanken.«
»Mach ich. Bis zum nächsten Mal.«
»Guten Tag, Herr Schmidt.«

Kapitel 2 – 34. KW, Freitag, 10.00 Uhr

»Ach, nein, Herr Schmidt!?«
»Guten Morgen, Nicole.«
»Frau von Baumgarthen, bitte.«
»Guten Morgen.«
»Guten Morgen, Herr Schmidt.«
[Schweigen]
»Warum haben sie sich bei Frau Radow unter, ich schau noch mal auf die Karte, Herrn Thanotius angemeldet?«
»Und hab gleich wieder einen Termin bekommen…«
»Das war nicht meine Frage.«
»Nein, bloß meine Feststellung, scheint noch nicht gut zu laufen, Nicole!?«
»Frau von Baumgarthen, bitte.«
»Türlich.«
»Also?«
»Na ja, ich hatte wohl Schiss, dass ich keinen Termin mehr kriege oder die Steuerfahndung hier wartet.«
»Aha.«
»Außerdem wollte ich sehen, ob dir bei dem Namen etwas auffällt.«
»Was hätte mir denn auffallen sollen?«
»Thanotius, Thanatius, …«
»Thanatos?«
»Treffer!«
»Was wollen sie mir dadurch sagen?«
»Na, Gott des Todes als Gynäkologe fand ich originell.«
»Was ist daran originell?«
»Mann, geht das schon wieder los?«
»Was geht wieder los?«
»Die Wiederholungsscheiße, Nicole.«
»Frau von Baumgarthen.«
»Tschuldigung.«
»Also?«
»Was also?«
»Was finden sie an diesem Bild originell?«

»Ach darüber möchte ich nicht sprechen.«
»Ich habe eine Bitte, Herr Schmidt. Ich würde mich freuen, und sehe es auch als Arbeitsgrundlage mit ihnen an, dass sie sich ab sofort immer unter ihrem Pseudonym Schmidt anmelden.«
»Warum?«
»Ich möchte nicht bei jedem neuen Klienten überlegen, ob nicht sie durch die Tür kommen!«
[Schweigen]
»Abgemacht.«
»Schön, worüber möchten sie denn sprechen?«
»Ficktief!«
»Fiktiv?«
»Nein, mit ck und ief und gleich wieder aufschreiben, Nicole.«
[Schweigen]
»Fühlen sie sich im Moment soweit wohl, Herr Schmidt?«
»Klar doch, wieso?«
»Sie sitzen die ganze Zeit auf der Vorderkante des Stuhls und wippen mit den Fußspitzen.«
»Das heißt, Kopfdoktor?«
»Frau von Baumgarthen, bitte. Es können Zeichen von Unsicherheit und dem Wunsch nach Flucht sein.«
»Nee, nee.«
»Wollen sie wirklich hier sein?«
»Warum?«
»Nur wenn sie eine Notwendigkeit für sich erkennen, hier sein, sich beraten, begleiten oder einfach auch nur erst einmal reden zu wollen, können wir etwas erreichen.«
»Ich will hier sein. Aber helfen kannst du mir eh nicht. Will nur reden.«
»Okay, was wollen sie mir mit ficktief sagen?«
[Schweigen]
»Ich bin ganz tief in die ganzen, ganzen…Fotzen eingedrungen, beruflich und privat. Immer und immer wie-

der. Sie waren überall. Ich konnte nicht mehr entkommen.«
»Und?«
»Vielleicht wollte ich etwas raus finden, etwas erforschen, hinter etwas gelangen...«
»Was haben sie denn gesucht?«
»Ein Geheimnis?...Keine Ahnung.«
»Sind sie deswegen hier, wollen sie das jetzt für sich klären?«
»Nee.«
»Warum sind sie zu mir gekommen?«
[Schweigen]
»Nich' immer so intellektuell...Ich will übers Ficken reden.«
»Wieso?«
[Schweigen]
»Mensch, die ganze Scheiße, die ganze Zeit über...Ja, Frau Soundso, nein, Frau Soundso, das ist so, Frau Soundso, machen sie sich keine Sorgen, das kriegen wir schon wieder hin, ist alles nicht so schlimm, alles wird gut...Verdammt dieser ganze elaborierte, medizinische, gesellschaftshöfliche Scheißendreck...Nie konnte ich sagen, was ich wollte.«
»Was wollten sie denn sagen.«
»Mensch, du blöde Kuh, wasch dich, rasier dich vorher mal ordentlich, ich hab keinen Bock, mich durch deinen dreckigen Busch zu wühlen, genießt du das jetzt, hast du dir vorm Ficken keine Gedanken über die Folgen gemacht, musstest du mit der abgebrochenen Gurke unbedingt zu mir kommen? Ich hab keinen Bock auf diese Bilder, hau ab. Nerv andere.«
»Dieses Bild haben sie von ihren Patientinnen?«
»Verdammt, du hast doch keine Ahnung, wer sich da immer wie auf den Stuhl legt...Das sind nicht immer schüchterne, arme Hausfrauen, denen es unangenehm ist, sich die Latexfingern reinstecken zu lassen. Das ist doch Bildniveau. Da sitzt der ganze Querschnitt der Ge-

sellschaft...Aber am schlimmsten sind die Gelangweilten, die Frustrierten, die aus der Vorstadt, die Gleichgültigen.«
»Und die sind zu ihnen gekommen, zu einem Gynäkologen?«
»Na, Kur- und Badeärzte gab es bei uns nicht...Ja, zu mir, weil ich immer so schön zugehört und jaja, oh, nein wirklich, wie schlimm gesagt und Anteilnahme geheuchelt habe.«
»Und darüber wollen Sie jetzt sprechen, etwas los werden, sich mitteilen? Ist das ihr Thema?«
»Nenn es, wie du willst, Kopfdoktor, ich habe so ein Riesenscheißdrecksgeschwür in mir...Das muss endlich raus...Raus schneiden kann ich es nicht, es sitzt zu tief im Kopf, oder ich schneid ihn gleich ab...Wegsaufen hat nich' funktioniert...Die Scheiße schwimmt oben, so gut wie die DLRG...Die Rentner auf Teneriffa haben immer nur gekünzelt gehustet und den Tisch gewechselt. Ja, schreib, das alles nur auf, schreib es alles in dein verdammtes Heft, Nicole.«
»Sie konnten ihre Gedanken mit niemandem teilen, nicht mit ihrer Frau oder Freunden?«
»Nein.«
»Haben sie sich nicht getraut oder waren die anderen dafür nicht empfänglich?«
[Schweigen]
»Beides...Alle sind doch nur mit sich selbst und ihrem erbärmlichen Leben beschäftigt, ist doch voll der Egoshooterscheiß hier.«
»Aha, aha, okay, sehr gut, mit welchem Geschwür wollen sie anfangen?«
»Was ist daran denn gut?«
»Dass sie sich öffnen wollen. Es ist ein Anfang...«
»Scheiße, meine Geburt war der Anfang von meinem beschissenen Leben.«
»Wollen sie über ihre Kindheit reden?«

»Lass die Freudkacke, Nicole. Du hast ja nich' mal eine Couch.«
»Würden sie sich gern hier hinlegen?«
»Blödsinn.«
»So kommen wir nicht weiter.«
[Schweigen]
»Ist doch wurscht, ich zahle, ich kotze mich aus.«
»Aha, wenn sie das so bezeichnen wollen, okay.«
[Schweigen]
»In der letzten Sitzung haben sie davon berichtet, dass sie mit der Frau ihres besten Freundes geschlafen haben. Ist das wichtig, ein Thema für sie? Wollten sie darüber mit mir sprechen?«
»Fleißig, fleißig, Kopfdoktor, schön Notizen gemacht.«
»Frau von Baumgarthen, bitte.«
[Schweigen]
»Warum ich Bettina gefickt habe?...Es war der 45igste von Gerd. Bettina ist doch schon ein Scheißname. Nomen est omen. Die alte geile Sau hatte mir Silvester schon voll besoffen an den Sack gepackt und mir ins Ohr geflüstert, ich würde mich doch bestimmt mit Mösen gut auskennen. Auf 'm Geburtstag habe ich es ihr dann schön besorgt...Volle Kanne, großes Programm im Kinderzimmer und hab mir dabei die Krakelbilder der Tochter an der Wand angesehen. Ich hab sie so durchgerammelt, dass die ganzen verfickten Plüschtiere vom Bett gehopst sind...«
»Herr Schmidt, können sie das auch anders ausdrücken?...Oder hilft es ihnen, auf diese Weise ihr Geschwür zu verkleinern?«
»Ne, is nich", genau so, nich" anders.«
»Okay, okay. Vielleicht kann sich das noch ändern.«
»Was denn?«
»Dass sie über alles mit Verachtung zu reden scheinen, auch über ihre eigene Person.«
[Schweigen]

»Nachdem ich sie voll durchgefickt hatte, und ich musste ihr dabei auch noch den Mund zu halten, damit sie das Haus nicht zusammen schreit, haben wir voll verlogen wieder alle auf der Terrasse zusammen gesessen, während es aus ihr raus lief.«
[Schweigen]
»Was ist ihnen wichtig an dieser Geschichte?«
»...Keine Ahnung.«
»Gab es einen Grund, warum sie mit, Moment bitte, Bettina, geschlafen haben?«
»Einen Grund?«
»Ja, warum?«
»Weil sie 'ne geile Fotze ist?«
»Wollten sie jemanden verletzen?«
»Nee, aber nich' doch.«
»Wollten sie sich selbst wehtun oder Brücken einreißen?«
»Keine Ahnung, nee, nee...Bestimmt nicht.«
»Waren sie von ihrem Freund enttäuscht, hatte er sie verletzt?«
»Alle Achtung, Kopfdoktorchen, ...Nee, war alles okay mit Gerd.«
»Wollten sie vielleicht ihre Freundschaft zerstören, oder war es ein Hilferuf?«
»Nach was denn?«
»Das wollen wir herausfinden.«
»Nee, nee, das will ich nicht, ich will nur das Geschwür loswerden.«
»Aha, aha.«
»Aha, aha, ist das alles?«
»Was wünschen sie sich denn?«
»Dass der Dreck weniger wird.«
»Dreck oder vielleicht eher Druck von ihnen nehmen?«
»Wurscht...Die Scheiße muss aufhören. Deswegen bin ich hier.«
[Schweigen]
»Okay, Herr Schmidt, ich denke, dass das für heute reicht.«

»Aber wir haben doch noch gar nicht richtig angefangen.«
»Haben wir das nicht? Sehen sie das so?«
[Schweigen]
»Na, dann bis zum nächsten Mal, Nicole.«
»Frau von Baumgarthen, bitte.«

Kapitel 3 – 35. KW, Mittwoch, 09.00 Uhr

»Moin!«
»Guten Morgen, Herr Schmidt, setzen sie sich bitte.«
»Sitze schon, Sü-süße.«
»Bitte lassen sie das…«
[Schweigen]
»Sie sind doch nicht, sie sind doch nicht etwa betrunken?«
»Wie kommst 'nen da drauf, Schätz-chen…«
»Frau von Baumgarthen bitte, aber das hatten wir schon so oft…Von ihnen geht ein starker Alkoholgeruch aus, ihre Augen sind gerötet, ihre Stimme klingt schwammig.«
»Danke fürs Kompliment. Ich sah schon immer scheiße aus…schon als scheiß Bab-by.«
»Bitte beantworten sie meine Frage!«
»Nur ein bisschen?«
»Ein bisschen?«
»Fängt…Fängt des schon wieder an mit der Wiederholscheiße…«
»Herr Schmidt, wann haben sie zuletzt alkoholische Getränke zu sich genommen?«
»…Länger her.«
»Was heißt länger her? Vor einer, zwei, drei Stunden, heute früh, gestern Nacht?«
[Schweigen]
»Unten.«
»Was meinen sie mit unten?«
»Na, eben unten, unten auf der Straße.«
»Meinen Sie, kurz bevor sie zu mir rein gekommen sind?«
[Schweigen]
»Herr Schmidt, wenn sie nicht offen darüber sprechen können, nicken oder schütteln sie bitte mit dem Kopf.«
»…Okay, danke. Ich möchte die Sitzung für heute beenden!«

»Ab-ber, ab-ber, das geht nich'.«
»Wieso geht das nicht?«
[Schweigen]
»Ich will…Ich muss…Reden…Das Geschwür, so groß, so groß, wird größer…Muss reden…hab doch sonst keinen außer Dich.«
»Herr Schmidt, ich arbeite nicht mit alkoholisierten Klienten. Das entzieht jede Arbeitsgrundlage für mich.«
»…Ich bin, bin auch ganz artig.«
»Ich mache da keine Ausnahmen. Ich beende jetzt die Sitzung.«
[Schweigen]
»Soll Frau Radow ihnen ein Taxi rufen? Ist vielleicht sicherer für den Nachhauseweg…Oder wohin sie auch immer wollen.«
[Schweigen]
»Is schon gut, Nicole, ich geh ja schon.«
»Herr Schmidt, zünden sie sich bitte die Zigarette unten vor dem Haus an.«
»Haha, haha, ich komme aus Huxaria, haha, ich komm vom anderen Stern…Haha, da flieg ich wieder hin, haha…«
»Bitte, Herr Schmidt, bitte!«
»Schon gut…Schon gut, bin schon weg.«
»Danke.«
»Tscha-tschau, Nicole…«
»Herr Schmidt?«
»Wa-as?«
»Kommen sie bitte nie wieder alkoholisiert in die Sitzung! Andernfalls werde ich nicht mehr mit ihnen arbeiten!«
[Schweigen]
»Deal!«
»Auf wieder sehen, Herr Schmidt.«
»Tschüssikowski, Nicolchen…«
»Frau von Baumgarthen…«

Kapitel 4 - 36. KW, Montag, 14.00 Uhr

»Guten Tag, Herr Schmidt, bitte setzen sie sich.«
»Danke, hallo.«
[Schweigen]
»Warum guckst du mich so an?«
[Schweigen]
»Könnten sie bitte endlich meinen Wunsch respektieren und mich ansprechen, wie ich es möchte?«
»Tschuldigung.«
»Ich habe sie so angesehen, um für mich eine Antwort auf meine Frage zu erhalten, ob sie sich an unsere letzte Abmachung gehalten haben.«
»Und?«
»Sie scheinen, nüchtern zu sein.«
»Bin ich.«
»Okay, wollen sie mir sagen, warum sie letztes Mal betrunken waren?«
[Schweigen]
»Ich…Ich war traurig.«
»Traurig? Warum waren sie traurig?«
»Wegen der Ollen in der Sauna…«
»Wen meinen sie mit der Ollen, und was hat sie traurig gemacht?«
»Ich war im Europacenter in der Sauna…Ist echt schön da, mit Dachgarten und so. Vielleicht bisschen viel Schwule da, aber ansonsten auch ein paar anständige Weiber.«
»Fühlen sie sich in der Nähe von Homosexuellen unwohl?«
»Nee, nee, die sind besser als die meisten anderen Arschlöcher.«
»Können sie das auch anders ausdrücken?«
»Wieso?«
»Schon gut, vielleicht ein anderes Mal. Bitte fahren sie fort.«
[Schweigen]

»Also, fällt mir jetzt ein bisschen schwer, eigentlich will ich nicht…«
»Was fällt ihnen schwer?«
»Is 'nen Scheißthema.«
»Wobei fühlen sie sich nicht gut?«
»…Einsamkeit.«
»Haben sie sich in der Sauna einsam gefühlt?«
»Ja.«
»Und was hat das ausgelöst?«
[Schweigen]
»Die Olle.«
»Wer ist die Olle?«
»Eine Frau.«
»Eine Frau? Was für eine Frau, kennen sie sie?«
»Nee…Also, ich…Ich kam in die Biosauna, da wo man Skatspielen kann, so wenig heiß ist das…Da sitzt eine Frau, vielleicht vierzig, etwas kräftig, aber stramme Haut, richtig glatt, kleine, feste Titten, so Bananenform, wie ich es mag, schwarze Haare, schulterlang, leicht gewellt, nass, es tropft auf ihre Haut. Sie sitzt auf der mittleren Ebene, Rücken schön grade, Titten schön nach vorn, aber Beine eng zusammen, ganz brav, richtig anständig, wie sich das gehört, guckt mich an, unsere Blicke treffen sich, sieht gleich wieder weg. Setze mich auf die obere Ebene hinter sie, damit ich sie schön anglotzen kann. Dann fängt sie an, sich mit irgendeiner Scheiße einzucremen. Direkt vor mir. Macht mich ganz irre. Ich glotze und glotze…Will sie einfach nur berühren, anfassen, wie eine Statur einer griechische Göttin im Park. Sie dreht sich zweimal um, guckt zu mir. Keine Ahnung warum. Typen kommen und gehen, die Sauna ist leer, nur wir beide. Ich halt's kaum mehr aus…Denke, ein Wort, nur ein Wort von dir, und ich wandere mit dir aus. Nur ein Wort und ich bin Dein…«
[Schweigen]
»Und was ist weiter passiert?«

»Ich, ich denke, dieser, dieser eine Moment kann mein Leben verändern, komplett verändern, alles wird anders…Nur ein Wort von ihr und ich nehme die nächste Ausfahrt mit ihr, egal wohin.«
[Schweigen]
»Wie ging es weiter?«
[Schweigen]
»Ich hab gewartet, gewartet, auf einen Blick, ein Wort, sie saß weiter vor mir, mittlerweile auf der unteren Ebene, is kühler dort, sie war schon vor mir drin, hat total lange ausgehalten…Als sie aufstand und sich nach unten setzte, konnte ich ihren Körper endlich richtig sehen, besonders ihren Arsch, ich war völlig weg, geil, traurig, alles auf einmal.«
[Schweigen]
»Und dann?«
»Dann? Sie hat nichts gesagt, nichts gemacht. Dann bin ich geflohen, abgehauen…Raus gerannt, ohne Duschen angezogen, einfach weg. Nur raus.«
»Was hätten sie sich denn von der Frau gewünscht?«
»…Dass sie mich anspricht, mich berührt, nich' wegen Sex, einfach nur berührt, auch wenn ich geil war…Mich in den Arm nimmt, wir abhauen, gemeinsam, irgendwohin abhauen…Wir beide…«
»Warum haben sie die Frau nicht angesprochen?«
»…Ich, ich, …«
»Herr Schmidt, Herr Schmidt, warten sie doch, bleiben sie doch hier, bitte!«

Krach.

Kapitel 5 - 36. KW, Donnerstag, 18.00 Uhr

»Guten Abend, Frau Doktor.«
»Guten Abend, Herr Schmidt…Setzen Sie…«
»Ja, ja, Nicole, immer die gleiche Begrüßung.«
»Stört sie daran etwas?«
»Ist scheiß berechenbar, total langweilig. Lass dir was Neues einfallen.«
»Ist alles Berechenbare für sie negativ besetzt?«
»Weiß nich'…Darüber hab ich noch nicht nachgedacht.«
»Wollen sie keine Kontinuität?«
»Keine Ahnung. Ist nicht wichtig.«
»Waren Ihnen ihr Beruf als Gynäkologe und ihr Familienleben zu gleichförmig?«
»Kacke!«
»Kacke?«
»Der letzte Dreck!«
»Ist es das wirklich?«
»Hab doch schon gesagt, dass das alles eine Haufen Scheiße war…Nächstes Thema, Kopfdoktor.«
[Schweigen]
»Wie geht es ihnen heute?«
»Bestens, Nicole.«
»Frau vom Baumgarthen bitte, ähem, aber das wird auch langsam langweilig.«
»Ja, Nicole.«
»Frau von…Also was meinen sie mit bestens.«
»Na, bestens ist bestens. Was ist daran zu deuten?«
»Die letzten beiden Sitzungen haben wir wechselseitig beendet. Ich denke, dass das Spuren bei ihnen hinterlassen hat. Nach diesen Spuren, ob Gedanken oder Gefühlen, möchte ich mich erkundigen.«
»Wie schon gesagt, alles bestens. Du bist ja nur sauer, dass du nichts in dein schönes Buch krickeln kannst. Denn mehr machst du ja nicht.«
»Das ist ihre Meinung von meiner Tätigkeit?«
[Schweigen]

»Das, das glitschige, schleimige Geschwür, seine fingerdicken dunklen Windungen und Krümmungen, die Abszesse, das ganze Wuchernde, der Geschwulst, die fette warzen- und furunkelartige, durchfurchte, hässliche, aufgebrochene, wunde, schleimige, glitschige Oberfläche des Geschwürs…Alles nimmt zu, wächst, wird immer größer…Es erobert meinen Kopf, verdrängt alles andere, schiebt das Hirn zur Seite, drückt es an die Schädeldecke, zerquetscht es jeden Tag ein Stück, weiter, immer weiter…Stück für Stück…Es erobert mich, nimmt mich ein, übernimmt Denken und Handeln…Muss raus…Es muss raus…Bevor es zu spät ist…Ich werd noch irre…«
»Das hoffe ich nicht.«
»…Es muss kleiner werden! Mein Hirn braucht wieder mehr Platz, Luft zum Atmen…«
»Seit wann haben sie diese Bilder, diese Metapher ihrer, ihrer…Verletzungen, vielleicht auch Sorgen und, äh, Wünsche?«
»Seit Jahren.«
»Können sie das präzisieren?«
»Präzisieren, präzisieren…Scheiße, Mann, das bringt mich um.«
»Haben sie Selbstmordgedanken?«
[Schweigen]
»Nicht wirklich.«
»Was meinen sie damit?«
»…Die ganze Scheiße schwappt über mir zusammen…Ich sehe nur Scheiße, krieg meinen Kopf da nicht mehr raus aus dem Haufen, kann nicht mal mit meinen Augen rausgucken, die Kacke steht in ihnen, dringt in sie ein, ich muss sie schließen und…«
»Und?«
»Und, und?...Ich häng an diesem verschissenem Leben!«
»Gut, das ist gut, freut mich zu hören. Bei ihrem Bild, dem Ulcus, ist eine narbenlose Abheilung nicht mehr möglich, wie im richtigen Leben. Es ist wichtig, dass wir mit unseren Narben zu leben lernen und sie als ein Teil

von uns willkommen heißen. Sie sind ein Teil des Prozesses auf unserem Weg, wohin immer der uns auch gerade führen mag.
[Schweigen]
»Ja, ja, krickel nur brav mit, endlich hast du wieder was zu schreiben…Ja, ja, ah, ah, gut so, weiter, weiter, schreib, schreib nur weiter, während du schlau daher sabbelst, ja, ja, dadurch wird das Geschwür bestimmt kleiner!«
[Schweigen]
»Seit wann haben sie diese Bilder von ihren Verletzungen?«
»Als wären sie schon immer da gewesen…Die Scheiße schwappt schon die verdammte ganze Zeit über mir zusammen, bedeckt mich, regnet auf mich nieder. Überall Scheiße.«
»Schon immer?«
»…Immer.«
»Können sie einen Meilenstein benennen? Wann haben sie es gefühlt, als Kind, Jugendlicher, Student, vor ihrer Niederlassung als Arzt, vor der Familiengründung?«
»…Die ganze Kacke war irgendwie schon immer da, nur kleiner…Dann ist sie immer und immer größer geworden.«
[Schweigen]
»Wie ging es ihnen dabei?«
»Wie es mir dabei ging? Mann, wie soll man sich schon fühlen, wenn man Mannshoch in der Scheiße steckt!«
»Was hat das mit ihnen gemacht?«
»Gemacht, gemacht?...Ich hab die Schnauze gehalten und versucht, die ganze Scheiße aus mir rauszuficken! Verdammte Scheiße noch mal!«
»Würden sie heute etwas anders machen wollen, wenn sie könnten?«
[Schweigen]

»…meine Mutter schütteln, bis sie endlich mal aufwacht, meinem Vater in die Schnauze hauen, damit er endlich mal was sagt…Die scheiß Schlampe nicht heiraten…«
»Was ist mit ihren beiden Töchtern?«
»Lassen sie die aus dem Spiel.«
[Schweigen]
»Warum soll ich ihre Kinder nicht ansprechen?«
»Die armen Schweine können genauso wenig für ihre Eltern, wie ich es konnte.«
»Wollen sie über ihre Eltern sprechen?«
»Nein…Ich mach für heute Schluss.«
»Sie wollen die Sitzung beenden?«
»…Ja.«
»Gut, gut, dann bis zum nächsten Mal, Herr Schmidt.«
»Schönen Tach noch, Doktor.«

Kapitel 6 - 37. KW, Dienstag, 11.15 Uhr

»Guten Morgen, Herr Schmidt.«
»Tach. Ich setze mich dann mal wieder, so wie immer...«
[Pause]
»Stellen sie es bitte wieder an seinen Platz!«
»Ich wollte mir das Bild nur einmal ansehen. Ist das ihre Familie?«
»Herr Schmidt, ich möchte mit ihnen nicht über mein Privatleben sprechen.«
[Schweigen]
»Und warum steht dann ein privates Bild auf ihrem Schreibtisch?«
»Es zeigt ausschließlich in meine Richtung, und ich rechne nicht damit, dass jemand hinter meinen Schreibtisch kommt oder sich das Bild einfach herunternimmt.«
»Ist das dein Mann und Kind?«
»Noch einmal, ich werde mit ihnen nicht über mein Privatleben reden!«
[Schweigen]
»Herr Schmidt, ich habe noch eine Bitte.«
»Immer raus damit, Nicole.«
»…Wenn sie sich einfach nicht daran halten wollen oder können, mich zu siezen, so bitte ich doch darum, dass sie sich beim Aufstoßen oder Gähnen die Hand vor den Mund halten.«
»Tschuldigung, habe zum Frühstück einen Döner gegessen, mit allem drin, volles Programm, Zwiebeln, Salat, Knoblauchsoße…Kam eben einfach so hoch. Kann ich nix für.«
»Es ist nicht mein Thema, ob sie aufstoßen oder was sie essen. Mir geht es nicht gut dabei, wenn sie sich nicht die Hand vorhalten.«
»Wann habe ich denn gegähnt?«
»In der letzten Stunde mehrfach.«
»Ganz schön nachtragend. Warum hast Du's nicht gleich gesagt?«

»In dem Moment fand ich es unpassend. Darüber hinaus wollte ich es sacken lassen und erst einmal sehen, was ihr Auftreten mit mir macht…Falls sie niesen müssen, würde ich mich auch darüber freuen, wenn sie sich die Hand vorhielten.«
»Okay, okay.«
[Schweigen]
»Danke, dass ich das klären durfte…Sie machen einen bedrückten Eindruck auf mich. Wollen sie über etwas Bestimmtes mit mir reden, Herr Schmidt?«
»…Ja, ich glaub schon…Hab' da was voll Horrormäßiges heute erlebt, total harter Film, heftige Scheiße, echt!…Bin heute früh raus und an der Spree spazieren gewesen. Gegenüber vom Hackeschen Markt hab ich mir den Hähnchendöner und 'nen Kaffee geholt. War schön sonnig, hab mich auf eine Bank im Monbijoupark gesetzt. Nach dem Mampfen bin ich voll müde geworden und muss eingeschlafen sein. Den leeren Kaffeebecher und die Alufolie hatte ich auf den Kies vor der Bank gestellt. Irgendwann bin ich durch ein Geräusch hoch geschreckt. Das junge Mädel muss sich genau so erschreckt haben wie ich. Die stand vor der Bank und hatte ein Geldstück in den Kaffeebecher fallen lassen. Wir sahen uns kurz an, darauf ist sie voll schnell stiften gegangen, hatte irgendwie Angst in den Augen. Im Becher lagen einige Centstücke…Die haben mich doch voll für so'n ollen Penner gehalten, der auf der Parkbank schläft, wenn die lieben Leute zur Arbeit gehen…Wahnsinn…Da war ich mal Gynäkologe, hoch angesehen, mit Haus, Frau und Familie und nun halten die mich für'n Obdachlosen…«
»Was hat das mit ihnen gemacht?«
»Mensch, Nicole, was das mit mir gemacht hat? Was für 'ne beschisse Frage. Ich fühl mich voll scheiße, dass die Leute mich für 'nen Penner halten, einen, der nichts mehr auf die Reihe kriegt, sich durchschnorrt, jeden Tag nur noch vollaufen lässt, weil er die ganze Scheiße nicht mehr erträgt, der sich nur noch betäuben will, aussteigen will,

die Schnauze von der ganzen Kacke hier voll hat, die ganze oberflächliche Scheiße nicht mehr aushält, dieses Verlogene…«
»Ist es ihnen wichtig, was die Menschen um sie herum von ihnen halten?«
[Schweigen]
»Nee.«
»Warum haben sie sich dann hierdurch verletzen lassen?«
»Ich mich verletzten lassen, Mensch, die denken, ich bin ein Penner, das verletzt doch wohl jeden! Dich etwa nicht?«
»Es geht mir aber nicht um jeden, sondern um sie. Warum hat das negative Gefühle in ihnen hervorrufen können?«
»Also, Nicole, lass doch mal das Gequatsche…«
»Was haben sie danach gemacht?«
»Danach?...Ich bin sitzen geblieben, hab meine Rolle als Penner gespielt, hab sie mir alle angeschaut, beobachtet, analysiert, zerlegt und in Schubladen gepackt…Jeden Einzelnen dieser verfluchten Bande…Da sind die Ignoranten, die die Seite wechseln und den äußersten Rand des Kieswegs nehmen, sich plötzlich einen anderen Weg im Park suchen, die mich nicht wahrnehmen wollen, sie ziehen plötzlich ihr Handy hervor, tun beschäftigt, entwickeln eine Vorliebe für Baumkronen und Gräser…Da sind die Eiskalten, die mir zeigen, dass sie mich sehen und mich verachten, dass ich Scheiße gebaut, total versagt habe und die Suppe selbst auslöffeln muss…Dann sind da die Schuldigen, die an allem schuld sind, das Elend nicht mehr ertragen können, aber nicht wissen, was sie tun sollen, sie gucken mich mitleidig und verständnisvoll an, wenige geben was…Und dann sind da noch die Ablassbriefgläubigen, sie kommen wie selbstverständlich auf mich zu, legen was rein, tun so, als wenn sie den ganzen lieben Tag nichts Anderes täten, aber, aber sie können mir dabei nicht in die Augen sehen,

dann gehen sie weiter, ihr Schritt gewinnt an Sicherheit, schwupp sind sie weg und ihr Tag ist gerettet, jeden Tag eine gute Tat, so lässt's sich gut weiter leben...«
»Wie haben sie sich dabei gefühlt?«
»Du immer mit deinen Gefühlsfragen...Ich hab mich irgendwann großartig gefühlt, so als ob ich nichts mehr zu verlieren hätte...Irgendwie befreit, erhaben. Ich hätt' dann gern mit 'nem Sekt angestoßen...Hatte aber niemanden...Durfte ja auch nicht, weil ich sonst Mecker von dir gekriegt hätte...Bin dann kurz vor hier in ein Loch gefallen.«
»Können sie das Loch beschreiben?«
[Schweigen]
»Einfach nur leer.«
»Kennen sie diese Momente bei ihnen bereits aus der Vergangenheit?«
»Ja.«
»Was machen sie dagegen?«
»Weiß nich', nichts...«
»Würden sie gern etwas dagegen tun?«
»Was denn?«
»Vielleicht hilft es ihnen, in gerade diesen Momenten positive Gefühle, Gedanken, Bilder in sich hervorzurufen, an Dinge zu denken, die ihnen gut getan haben oder tun?«
[Schweigen]
»Hört sich nach Psychogelaber an. Machst du das so, funktioniert das bei Dir etwa?«
»Es geht hier nicht um mich. Bei dem Einen bewirkt es Positives, bei dem Anderen nicht. Das ist sehr individuell.«
»Ja, ja, Nicole, immer schön von dir ablenken, bloß nichts preis geben. Versteck dich ruhig immer schön hinter deinen aalglatten Worten, deinem hypermodernen Schreibtisch und krickel schön mit. Vielleicht hilft es dir ja wenigstens!«
»So kommen wir nicht weiter.«

»Mensch, ich wollt doch bloß von einem Erlebnis heute morgen reden…«
»Und ich möchte mit ihnen erarbeiten, was das in ihnen hervorgerufen, ausgelöst, gemacht hat, damit wir beide mehr verstehen, wer sie sind und wer sie sein wollen und können.«
[Schweigen]
»Ich will doch nur ab und zu reden, mehr nicht…Will, dass das scheiß Geschwür kleiner wird, ich nicht jeden Tag würgen muss, Angst habe, dass mein Schädel platzt, die ganze Scheiße aus mir herausspritzt und nichts als besudelte Deppen um mich herum übrig bleiben.«
»Wenn sie wollen, reden sie auch einfach nur, ich lade sie herzlich dazu ein.«
»Scheiße, Mann, mir reicht's für heute, Kopfdoktor, ich mach 'nen Abgang!«
»Bis zum nächsten Mal, Herr Schmidt, eine gute Zeit bis dahin.«
»Ach, Scheiße…«

Krach.

Kapitel 7 - 37. KW, Freitag, 13.00 Uhr

»Hallo, Herr Schmidt.«
»Hallo, Doc. Heute sehen sie besonders hübsch aus, gefällt mir mit ihrem Pferdeschwanz, bisschen streng, passt aber gut zur Hornbrille.«
[Schweigen]
»Was schaust'n wieder so?«
»Herr Schmidt, was haben sie da in der Hosentasche?«
»Nix.«
»Herr Schmidt, lassen sie das! Was haben sie da in der rechten Hosentasche?«
»Was denkst du denn, was es ist, Nicolchen?«
»Wenn es das ist, woran ich denke, muss ich eine Eigen- oder Fremdgefährdung prüfen und sie notfalls einweisen lassen. Von mir aus duzen sie mich ruhig, wenn sie nichts anders wollen, aber lassen sie bitte die Anrede Nicolchen. Also, was haben sie in der Hosentasche stecken?«
[Schweigen]
»Bisschen Schutz…«
»Schutz? Wogegen wollen sie sich womit schützen?«
»Ach, nichts weiter, beruhigt mich nur ein wenig.«
»Bitte holen sie den Gegenstand aus ihrer Hosentasche und legen sie ihn auf meinen Schreibtisch.«
»Das geht zu weit! Das mach ich nicht.«
»Wenn es das ist, was ich denke, rufe ich ansonsten die Polizei. Ich würde es aber lieber mit ihnen hier und jetzt klären.«
[Schweigen]
»Na gut…«
»Ist der echt?«
»Natürlich ist der echt.«
»Ich habe mich ungenau ausgedrückt, ich meinte, ob er scharf ist?«
»Nee, nee, is nur 'nen Schreckschussrevolver.«
»Darf ich mich davon überzeugen?«

»Hast Du denn Ahnung davon?«
»Ich möchte nur den runden PTB-Stempel sehen.«
»Na, gut.«
»Okay, haben sie den schon länger oder jetzt erst gekauft?«
»Letzten Samstag.«
»Hatte das einen besonderen Grund?
»Ja.«
»Fühlen sie sich derzeit bedroht, dass sie das Bedürfnis haben, sich mehr als zuvor schützen zu müssen?«
[Schweigen]
»Also da war so 'ne Scheiße am Freitagabend in 'ner Bar am Helmholtzplatz…Ich sitz da nur rum und trinke mein Bier und 'nen Kurzen an der Theke…Komme mit irgend so 'ner Ollen ins Gespräch…Wir plaudern einfach ein bisschen, nicht mal fummeln, knutschen oder so…Kommt doch so ein aufgepumpter Lackaffe daher und faselt was von seiner Freundin, und wenn ich nicht schnell davon komme, krieg ich richtig aufs Maul, so doll, wie noch nie…Und er könnte bei mir sowieso eher nur richten als was kaputt machen…Da wurde ich total sauer und hab ihm von meinem Barhocker aus in die Eier gekickt und gemacht, dass ich raus komme…Irgend so 'n Scheißer wollte mich aufhalten, ich war aber schneller…Hörte nur noch, dass mir einer hinterher rief, ich sei 'nen toter Mann, sie würden mich finden, egal in welchem Scheiß Dreckloch so eine Ratte wie ich sich verkriecht…Dann war ich raus.«
»Und deswegen haben sie am nächsten Tag einen Schreckschussrevolver gekauft?«
[Schweigen]
»Ja…«
»Und fühlen sie sich jetzt dadurch besser?«
»Irgendwie schon…«
»Sie müssen sich dafür einen kleinen Waffenschein bei der Waffenbehörde holen. Wissen Sie das?«

»Ja, hat der Typ in dem Laden mir auch gesagt und mir ein Kärtchen mit der Adresse gegeben.«
»Werden sie sich den Schein holen?«
»Kann ich doch nicht…«
»Okay, okay, ich vergaß…Haben die Worte der Männer in der Gaststätte sie verletzt?«
»Ach, Quatsch, so'n paar Vollidioten, von so 'nem Kruppzeug lass ich mich nicht anpissen. Die können die Wand anpissen, aber nicht mich.«
»Sind sie sich sicher?«
»Klar, na klar doch, Doc…«
[Schweigen]
»Letzte Sitzung hatten sie gesagt, dass sie einfach nur reden wollen. Worüber möchten sie heute reden?«
»Sitzung, Sitzung, das hört sich immer so verdammt förmlich an.«
»Welches Wort wäre ihnen lieber?«
»Weiß nicht…«
»Lassen sie es mich bitte wissen, wenn das Wort zu ihnen kommt.«
»Du redest vielleicht manchmal ulkig.«
»Also, worüber möchten sie reden?«
[Schweigen]
»Übers ficken…«
»Warum wollen sie über Sex sprechen?«
»Warum, warum, muss alles immer einen Grund haben?
»Manche gehen davon aus, dass der Mensch nur von zwei Trieben gesteuert wird: Angst oder Liebe.«
»…Aha, soso, na ja, ist mir wurscht, der scheiß Kopfsalat. Ich will übers ficken reden…Bevor du mich wieder fragst warum, und was das mit mir macht: Alle tun es, immer und immer wieder, morgens, mittags, abends, nachts, wenn sie können oder dürfen, kreuz und quer, mit Männern und Frauen, mit eigenen oder fremden, besondere Arschlöcher mit Kindern oder Tieren, sogar mit Toten…Überall wird nur gefickt, es gibt tausend Gründe und Entschuldigungen dafür, letztlich ist es aber immer

dasselbe…Vielleicht ist Geld und Macht nur der Motivator, um leichter und bequemer was Schöneres ficken zu können…Oder weil der Schwanz zu klein ist….Ich hab jede Menge Frauen gerammelt, wann immer ich konnte und durfte, vor allem meine Frau, die Olle musste ständig ran…Ich hab auch nicht vor der Frau meines besten Freundes halt gemacht…Auch nicht vor meiner eigenen Arzthelferin. Auch beruflich hatte ich nur mit Mösen zu tun. Ich bin also ein richtiger Mösenbeauftragter.«
»Sie haben mit ihrer Mitarbeiterin geschlafen?«
»Ja, ja, hab ich doch klar und deutlich gesagt. Ich hab's der besorgt, der Schlampe, überall, ständig, in der Mittagspause, vor oder nach der Sprechstunde, auf dem Gynstuhl, in Hotels, mit Spielzeug, viel Spielzeug, großem Spielzeug.«
[Schweigen]
»Haben Sie Gefühle für sie gehabt?«
»Hmh.«
»Was ist aus ihr geworden?«
»…Ich hab sie mit Abfindung raus geschmissen, damit sie's Maul hält.«
»Das war alles?«
»Nee.«
»Möchten sie darüber sprechen?«
»…Ich hab mich vorher noch um ihre Abtreibung gekümmert.«
»War das Kind von ihnen?«
»Ja…Nein, ich weiß es nicht.«
»Hat sie ihnen nicht gesagt, ob sie der Vater sind oder nicht?«
»Doch…«
»Und?«
»Ich.«
[Schweigen]
»Sind sie deswegen traurig?«
»Nee, nee…Damit hatte ich doch täglich zu tun.«
»Aber in diesem Fall waren sie persönlich betroffen.«

»Da war die Scheiße schon viel zu sehr am Dampfen…«
»Was meinen sie damit?«
»…Da hatte ich schon ihre beste Freundin gefickt…«
[Schweigen]
»Warum haben sie das getan?«
»Einfach nur so.«
»Wir tun in den seltensten Fällen Dinge nur einfach so. Hinter allem steht ein Beweggrund, auch wenn der nicht im Vordergrund stehen oder bewusst sein muss.«
»Psychogelaber, ich hab die einfach nur gefickt, so ich es immer mache.«
»Haben sie ihre Arzthelferin geliebt oder andere besondere Gefühle für sie gehabt?«
[Schweigen]
»Ach, das ist doch alles Blödsinn…«
»Wollten sie der Frau so wehtun, damit sie die Beziehung zu ihnen beendet?«
[Schweigen]
»Totaler Quatsch, Kopfdoktor…Ich muss jetzt weg, hab noch 'nen Termin. Tschau, Tschau.«
»Machen sie es gut, Herr Schmidt.«

Kapitel 8 - 38. KW, Mittwoch, 11.00 Uhr

»Tagchen, Nicole.«
»Hallo, Herr Schmidt, aber wer…«
»Das ist Igbo.«
»Ikbo?«
»Ja, sagte ich doch.«
»Aber, Herr Schmidt, sie können doch nicht einfach jemanden mit in die Sitzung bringen, ohne es vorher mit mir abzusprechen und dazu noch…«
»Der versteht eh kein Wort.«
»Wie?«
»Wie, wie? Igbo spricht keinen Fetzen deutsch.«
»Herr Schmidt, mal unabhängig von den Sprachfertigkeiten des Kindes, wer ist Ikbo, warum begleitet er sie hierher, wo sind seine Eltern, warum ist er nicht im Kindergarten oder in der Schule?«
[Schweigen]
»Mensch, Doktor, so viele Fragen auf einmal, da weiß ich gar nich', wo ich anfangen…«
»I hungry, Tom!«
»What's up, Igbo, you are hungry?«
»Yes, I hungry, I want chickendönner.«
»Okay, okay, Igbo, just for a small while, I have to talk to this nice lady about some serious stuff.«
»Also, Herr Schmidt, ich…«
»Moment, Nicole, ich klär das nur kurz mit Igbo.«
»Igbo, can you wait for a moment? After the meeting I promise you the best chickendöner in town…Deal?«
»Yeah, Tom, deal!«
»Okay, Igbo, please sit down, here next to me.«
»Herr Schmidt, wer ist Ikbo und was macht er hier?«
»Nun ja, Igbo heißt Igbo und kommt aus Afrika, wohl ohne Papiere…Er ist hier, weil er sonst allein wäre. Das kannst Du doch nicht wollen. Also habe ich ihn mitgenommen, ist doch nur für die Stunde…Der versteht eh

nix. Vielleicht hast du so lange etwas zum Malen für den Kleenen?«
»Herr Schmidt, wo haben sie Ikbo kennen gelernt?«
»Auf 'nem Spielplatz.«
»Einem Spielplatz?«
»Fängt das schon wieder an, Nicolchen, äh, Verzeihung, Nicole…Ja, auf einem Spielplatz, hier um die Ecke in der Alten Schönhauser.«
»Was machen sie auf einem Spielplatz?«
»Wenn mir langweilig ist, setze ich mich auf' 'ne Bank und gucke den Beachvolleyballern oder den Kindern beim Spielen zu…«
»Herr Schmidt, ich muss ihnen eine sehr ernsthafte Frage stellen…Fühlen sie sich zu Kindern hingezogen?«
»Natürlich…Ich hab doch selbst zwei…«.
[Schweigen]
»Ich meine eher, äh, ob sie sich körperlich zu ihnen hingezogen fühlen, also sexuell?«
»Was? Ich bin doch kein Kinderficker! Was erlaubst Du dir? Also wirklich…«
»Ich muss ihnen diese Frage stellen.«
[Schweigen]
»Boring, Tom, want go, now, chickendönner!«
»Igbo, just a moment…Frau Doktor, haben sie mal ein Blatt und einen Stift…Here, Igbo, draw something!«
»Thank, Tom.«
»Warum nennt er sie Tom?«
»Matthias konnte er nicht nachsprechen, hörte sich wie ein Verkehrsunfall an, Tom kriegte er sofort hin.«
»Wie haben sie Ikbo kennen gelernt?«
»Der taucht immer mal wieder mit einer Frau auf…Igbo sagt, es sei seine Mutter…Die setzt ihn am Spielplatz ab und verschwindet für eine Weile. Einmal hab ich gehört, wie sie Igbo gesagt hat, dass sie nur schnell was einkaufen geht…Als sie zurückkam, hatte sie aber gar keine Tüten dabei…Na, wer weiß, wo die sich rum treibt und warum sie den Kleenen auf dem Spielplatz sich selbst

überlässt. Irgendwann mal hab ich ihm von meiner Cola angeboten, es war auch richtig heiß, der arme kleine Scheißer…Hat sie voll weggezogen…«
»Herr Schmidt, ich möchte Ikbo etwas fragen.«
»Nur zu, nur zu…«
»Ikbo? Ikbo?...Where is your mother or your father?«
»…Father…Death…Mother…Berlin…Don know.«
»Where is your home?«
»Home?«
»Where do you live in Berlin, where is the apartment you and your mother live in, what is the name of the street?«
[Schweigen]
»…Don know, big street…Houses…Many…«
[Schweigen]
»Herr Schmidt, so geht das nicht, ich werde das zuständige Amt informieren. Die werden sich um Ikbo kümmern.«
»Aber, aber, nee, nee, der Kleene, wenn der doch keine Papiere hat, dann, dann muss der vielleicht zurück in die Scheiße.«
»Das habe ich nicht zu vertreten, ich habe keine andere Wahl…Kleinen Augenblick, Herr Schmidt,…Ja, hallo, Frau Radow, rufen sie bitte den Kindernotdienst an, hier sei ein etwa fünf- oder sechsjähriges, männliches, africoides Kind, das der Inobhutnahme bedürfe…Ja, bitte gleich und bringen sie bitte Kekse rein…«
»Aber, Nicole, das kannst Du doch nicht machen.«
»Ich muss. Was ist, wenn die Mutter nicht zum Spielplatz zurückkommt? Sie können und dürfen das Kind nicht mit zu sich nehmen, wo immer das auch sein mag. Selbst wenn die Mutter auf dem Spielplatz wartet, spricht doch einiges für Kindesvernachlässigung…Stellen sie sich doch einmal vor, das Kind gerät in die Finger eines pädosexuell veranlagten Mannes! Das ist nicht zu verantworten. Hier müssen Fachleute ran.«
»Aber, aber Igbo, wie soll ich ihm das erklären, das ist doch ein Vertrauensbruch für den Kleenen!«

»Ich kann nicht anders…Ikbo, you have to stay here, Tom must leave.«
»Wh-what?«
»Tom must leave, you have to stay here until a few nice people take care of you und bring you to your mother…Oh, thank you, Mrs. Radow, look, Ikbo, here are some cookies for you.«
[Schweigen]
»Thank…You doctor?«
»Yes.«
»Not ill!«
»No, no, Ikbo, you are not ill…Wait only here. Herr Schmidt, gehen sie jetzt besser, bevor es noch komplizierter für alle wird.«
»Was wollen sie den Sozialtanten denn sagen?
»…Ich lasse mir etwas einfallen, notfalls berufe ich mich auf meine Schweigepflicht.«
[Schweigen]
»Verdammt, das gefällt mir nicht.«
»Nutzt es ihnen etwas, wenn ich ihnen sagen, dass sie sich das hätten vorher überlegen müssen?«
»…Nein…Okay, Igbo, please stay here with the lady…I have to go…go to work.«
»No, no, Tom, chickendönner!«
»Yes, yes, next time, I promise, I must go, bye, bye…«
»Tom, Tom…«
»Igbo, please let me go, take your hands of me…I must go…Trouble…Please understand…«
»Tom, Tom…«
»Fuck!«

Krach.

Kapitel 9 - 38. KW, Freitag, 13.13 Uhr

[Schweigen]
»Wenn sie nicht reden wollen, ist das auch in Ordnung, Herr Schmidt. Sie müssen hier nichts leisten, beweisen…«
[Schweigen]
»Sie machen auf mich einen traurigen Eindruck. Wollen sie vielleicht darüber sprechen?…Oft hilft und erleichtert es, seine Gefühle zu äußern, raus zu lassen, ins Leben gehen zu lassen.«
»…Igbo…«
»Ikbo? Was verletzt oder macht sie traurig in Bezug auf ihn?«
[Schweigen]
»…Ich hab ihn gesehen…War so alleine…Stand da so ganz alleine rum…Total verloren…«
»Wo haben sie Ikbo denn gesehen?«
»…Auf dem Hof vom Kindernotdienst…Alles umzäunt…Wie in einem Gefängnis stand er da rum, ganz alleine, hatte ein ganz trauriges Gesicht.«
»Aber sie dürfen ihn doch gar nicht besuchen! Wie war das möglich?«
[Schweigen]
»War ihn nicht besuchen…Gestern hab ich mir die Adresse aus 'nem Telefonbuch rausgesucht und bin mit der Taxe hin…Hab mir 'nen günstigen Standort ausgesucht, von dem ich das Grundstück halbwegs einsehen konnte. Dann hab ich gewartet…Stunde um Stunde…Irgendwann kam er endlich raus, hinten auf den Hof, hat nicht gespielt, gelacht wie sonst, stand da einfach nur wie bestellt und nicht abgeholt rum, hat gar nichts gemacht, einfach nur so rum gestanden…Irgendwann kam so 'ne Sozialtante, sehen doch alle gleich aus, und hat auf ihn eingequatscht, ich konnte aber kein Wort verstehen, war zu weit weg, hab versucht, näher ranzukommen…Dann war er aber auch schon

wieder verschwunden...Der arme Kleene...Hat doch niemanden...«
[Schweigen]
»Vermissen sie manchmal ihre Kinder?«
»Nee! Da denk ich überhaupt nicht dran!«
»Sind sie sich da sicher?«
»Klar, Kopfdoktor, hab die beiden seit Jahren nicht gesehen. Die Erinnerungen an sie verblassen mit jedem Tag mehr.«
»...Denken sie an ihre Kinder?«
»Nee, nee, ist schon in Ordnung, alles schon in Ordnung so.«
[Schweigen]
»Na, Nicole, wird heut nichts mit gekrickelt? Wohl schlecht in Form?«
»Sind sie sauer auf mich?«
»Wieso sollte ich...«
»Haben sie sich durch mich am Mittwoch in Bezug auf Ikbo verletzen lassen?«
»Verletzen lassen, lassen? Du hast mich voll Kanne verletzt und Igbo dazu!«
»Wir werden nur verletzt, wenn wir es zulassen. Ich kann sie gar nicht verletzen, wenn sie es nicht zulassen...«
»Psychoscheiße, hör bloß auf zu labern und so erhaben zu tun. Du hast Scheiße gebaut, zwei Menschen wehgetan, nun wälz das nicht auf uns ab.«
»Können sie meine Entscheidung denn gar nicht nachvollziehen?«
»Nein...Vielleicht ein bisschen...Aber, Scheiße, tut trotzdem weh, den Kleenen da so stehen zu sehen?«
»Denken sie, dass sie nach ihren Töchtern auch Igbo verlassen, enttäuscht haben?«
»Immer diese Schuldscheiße, immer geht es auf diesem verfickten Planeten um Schuld. Kaum krabbelst du zwischen den Schenkeln deiner Mutter raus geht's los: Vater, Mutter, Geschwister, Exfrauen, Freunde, der von der

Kanzel, Politiker…Immer heißt es du, aber du, du hast dies oder jenes gemacht, hättest du es nicht anders machen können blablabla…Das ist doch der letzte Scheiß…«
»Empfinden sie ihr Leben so? Haben sie ständig Schuldgefühle?«
»Ach, Blödsinn, die hat doch jeder, die werden einem doch mit der Muttermilch eingepumpt und danach mit einem Füllhorn weiter eingetrichtert bis selbst das letzte Fass überläuft. Auf alle wird gezeigt, keiner will es selbst gewesen sein, es sind immer nur die Anderen, die Anderen sind schuld…Diese ganze Aber-Du-Scheiße! Wer übernimmt denn noch Verantwortung?«
»Es geht jetzt aber nicht um die Anderen, sondern um sie. Fühlen sie sich schuldig?«
»Nee.«
»…Weil sie ihren Beruf niedergelegt haben, Steuern hinterzogen haben, weil sie ihre Frau, ihre Kinder verlassen haben, letztlich weil sie ihr ganzes, vorheriges Leben zurückgelassen haben?«
»Nee, nee…«
»Mir geht es nicht um Schuld, sondern um ihre Gefühle und was die mit ihnen machen…«
»Du hättest Igbo nicht in die Scheiße reiten dürfen!«
»Ich tat, was ich für richtig hielt.«
»…Jetzt isser da ganz allein, ohne Mutter, ohne mich, ich wollt doch nur ein wenig auf ihn aufpassen, ihm einen Chickendöner kaufen…Die liebt er doch so…Igbo war immer fröhlich, hat so gestrahlt, fröhlich gespielt…Nun sitzt er in einem Kinderknast…Da hätte er auch in Afrika bleiben können.«
»Wir wissen beide nicht, was das Leben für Ikbo noch bereithält. Vielleicht nimmt sein Leben bald schöne Wendungen. Es muss nicht immer das Schlimmste kommen.«
»Du bist ja so ein Naivchen…Sitzt da in deiner emotionslosen, kalten Praxis hinter deinem hypermodernen Schreibtisch, mit der alten Vettel im Vorzimmer, kannst

wohl keine junge, hübsche ertragen…Krickelst mit deinem sauteuren Montblanc, wahrscheinlich mit Widmung vom Papa, in dein Heftchen, fühlst dich wichtig mit deinem schwarzen Kostüm, deiner schönen weißen Bluse…Versteckst deine braunen Augen, dein ganzes Gesicht hinter dieser fetten, schwarzen Hornbrille…Stehst nicht zu deinen braunen Haaren, lässt dir lieber einen blondierten Haarfärbeunfall verpassen, hoffentlich hast du den Kretin verklagt!…Bindest dir den Zopf schön streng nach hinten, willst wohl älter, seriöser wirken, Eindruck schinden…Ach, das ist doch alles Scheiße!«
[Schweigen]
»Fühlen sie sich jetzt besser?«
»…Ja…«
»Das freut mich.«
[Schweigen]
»Wovor haben sie am meisten Angst, Herr Schmidt?«
[Schweigen]
»…Auf der Beerdigung meines Vaters war niemand, niemand außer meiner Mutter…«
»Haben sie Angst, dass es ihnen auch so ergehen wird, dass niemand für sie da ist oder ihrer gedenkt?«
»Ach, keine Ahnung…Mit der Geburt beginnt das Sterben, wir gehen doch alle zu den Würmern, du auch, Nicole.«
»Ich auch, das weiß ich. Was verängstigt sie denn in Bezug auf das Bild mit ihrem Vater während des Begräbnisses?«
»…Der alte Sack hat nichts Anderes verdient. Hat wie das letzte Arschloch auf'm Bau geschuftet, sich für sein Weib und seinen Sohn abgeplagt…Dann war der Rücken im Arsch, alles aus…Frührentner…Hat nie viel gesprochen, war ein echter Griesgram, hat einfach ins Gras gebissen, niemanden hat's interessiert.«
»Wann ist er denn gestorben?«
»'89.«
»Woran?«

»Wahrscheinlich am eigenen Gift…«
»Im Ernst bitte!«
»Lungenkrebs…Hat geraucht wie ein Schlot…Seine Fingerkuppen waren schon ganz gelb, auch seine Zähne, wohl eher Stumpen…Die Klamotten, die ganze Wohnung hat immer gestunken.«
»Rauchen sie?«
»Ja…Aber nicht so viel.«
»Warum waren sie nicht auf der Beerdigung?«
»…Der alte Sack sollte seine letzte Abfahrt allein machen, mit seinem Gift fortan nur noch die Friedhofserde verseuchen…Der hat alle scheiße behandelt, warum sollte ich ihn besser behandeln…Wahrscheinlich schmort der jetzt irgendwo in der Hölle. In den Himmel haben die ihn nie und nimmer rein gelassen.«
»Wollten ihre Frau und ihre Kinder nicht zur Beerdigung?«
»Meine schwachsinnige Alte wollte doch tatsächlich hin! Hab ich verboten.«
»Warum?«
»Der alte Sack von Sabine war wohl irgendwie durch die Folgen des Krieges dahingesiecht…Ihre olle Mutter ist auch früh abgekratzt…Sabine hatte sowieso schon 'nen Ding mit dem Tod laufen, da muss sie nicht noch auf 'ne Beerdigung von so 'nem Giftspritzer.«
»Hätte sie das nicht lieber für sich entscheiden sollen?«
[Schweigen]
»Was ist aus ihrer Mutter geworden?«
»Altersheim.«
»Sie ist in einem Altersheim?«
»Sagte ich doch!«
»Warum haben sie sie nicht zu Hause bei sich aufgenommen?«
»Die ist doch auch nicht ganz dicht…Faselt immer nur rum, dass alles gut ist…Bei der durfte es nie Probleme geben, immer wegsehen war die Devise…Die hat den alten Giftspritzer bis zum letzten Röcheln vergöttert…Ist

doch alles Irrsinn! Soll die Alte doch jetzt bleiben, wo der Pfeffer wächst…«
»Fühlten sie sich als Kind nicht gut aufgehoben zu Hause?«
»Großartig, Nicolchen, echt scharfsinnig! Dafür muss man jahrelang studieren und dann noch promovieren?«
»Wollen sie meine Frage beantworten?«
[Schweigen]
»…Ich fühlte mich als Kind scheiße…Und das ist bis heute geblieben.«
»Ohne Unterbrechung?«
»Ach, weiß auch nich'…«
»Waren sie ein so genanntes Wunschkind?«
»Meine Eltern wollten wohl kein Kind…Keine Ahnung…Entweder war ich ein Verkehrsunfall oder ein Kind gehörte zum Spießertum einfach dazu. Vielleicht hatten die beiden Alten einfach Schiss, nach außen als unfruchtbar oder impotent zu gelten. Bei Biedermeiers darf so etwas nicht sein…Vielleicht haben sie sich auch gar nichts dabei gedacht und mich einfach in diese Scheiße hineingefickt…«
»Fühlten sie sich bei ihren Eltern willkommen?«
»…Nee, bei denen war nichts willkommen außer Ordnung, Sauberkeit und Stumpfsinn.«
»Haben sich ihre Eltern um sie gekümmert?«
»Es ging nie um mich. Die haben sich nicht für mich interessiert. Ich war denen egal, also wurde auch mir alles egal. Egal, was ich tat, es war egal.«
»Was mögen sie?«
»…Saufen und ficken.«
»Lenkt es sie ab oder betäubt sie das?«
»Ficken tun wir alle, saufen die meisten.«
»Wollen sie meine Frage nicht beantworten?«
»Ich habe gelernt, nichts zu mögen…«
»Ist es zu spät für Sie, nicht doch noch etwas zu mögen?«
»…Wahrscheinlich.«
»Was ist mit Ikbo?«

»Scheiße, Nicole, erinnere mich nicht an den Kleenen!«
»Wieso nicht?«
»Geht mir scheiße dabei.«
»Schmerzt es sie, an Ikbo zu denken?«
»Mann, das hatten wir doch schon…Wir kommen unter Schmerzen zur Welt, der Schmerz nimmt uns bald in die Arme und lässt uns bis zum Abkratzen nicht mehr los. Die ganze Zeit suchen wir als Ausgleich die verfickte Liebe und finden sie doch nicht. Was für 'ne riesige Scheiße.«
»Wen lieben Sie?«
»…Niemanden. Ich bin ein totaler Egoist…Habe immer nur so viel für andere gegeben, damit ich durchkomme, mich irgendjemand mag, zumindest oberflächlich. Eigentlich ging es mir immer nur um mich. Egoscheiße…Das jedenfalls haben mich meine Eltern gelehrt…«
»Und sie haben sich nie anders entschieden?«
»…Wohl nicht…Keine Ahnung.«
»Mögen Sie sich?«
»Scheiße, wie kann ich einen Haufen Dreck mögen, um den die Fliegen bereits kreisen.«
»Wollen sie lernen, sich zu mögen?«
»Mannomann, Kopfdokterchen, jetzt gibst du wieder Vollgas mit deiner Psycholeier…Spiel schön weiter drauf, funktioniert bei mir nicht. Ich hab dir schon mehrfach gesagt, dass ich das scheiß Geschwür raus haben will, bevor ich es nicht mehr aushalte, und's mit dem Messer raus schneide…«
[Schweigen]
»Ich bin davon überzeugt, dass alles miteinander in Zusammenhang steht.«
»Komm mir nicht so, mit diesem fatalistischen Esoterikdreck. Ich bezahle dich dafür, dass du dir meine ganze Fickscheiße anhören musst. Nicht mehr und nicht weniger.«
[Schweigen]

»Haben sie schon immer so geredet, ich meine in einer Sprache voller Fäkalausdrücke und mitschwingender Selbstverachtung?«
»…Gedacht, nur gedacht, immer zu gedacht, aber geredet hab ich wie geleckt, schönes Hochdeutsch, besonders um die Weiber rum zu kriegen…Euer Berliner Dialekt gefällt mir. Damit kann ick die ganze Scheiße noch besser ausdrücken.«
[Schweigen]
»Wollen sie lernen, sich zu mögen?«
»Ich hab nich' gelernt, mich zu mögen, werd's auch nich' mehr…Dafür ist's zu spät.«
»Dafür ist es nie zu spät, selbst wenn es an ihrem Todestag wäre.«
»…Ich krieg das nicht mehr hin…Ist auch scheißegal.«
»Sie sind doch aber hier!?«
»Und?«
»Das ist ein Anfang.«
»Schwachsinn!!!«
Krach.

»Bis zum nächsten Mal, Herr Schmidt…«
»Frau Radow, sie können jetzt gehen, schönes Wochenende!«
Klick.

Kapitel 10 - 42. KW, Dienstag, 10.00 Uhr

[Schweigen]
»Sie waren jetzt fast vier Wochen nicht mehr bei mir. Hatte das einen besonderen Grund, den sie mir mitteilen wollen?«
»…Von denen du zwei Wochen im Urlaub warst…«
»Das stimmt. Hat ihnen Frau Radow das erzählt?«
»Jupp.«
»Brauchten Sie eine Pause?«
»…Keine Ahnung.«
[Schweigen]
»Was sehen sie sich an, Herr Schmidt?«
»Ich schau nur aus dem Fenster…«
»Was sehen sie?«
»…Die wuseln alle rum, sind hektisch, wie ferngesteuert, haben ein Ziel vor Augen, müssen es unbedingt erreichen, koste es, was es wolle, keiner darf ihnen in die Quere kommen, sonst passiert ein Unglück. Irgendwann tickt einer aus, bei dem die Sicherung rausfliegt, dann haut er einem aufs Maul, schubst ihn vor den Laster, sprüht im Reizgas in die Fresse, schießt ihm die Lampen aus…Am nächsten Tag ist die Öffentlichkeit entsetzt, aber eigentlich erst mal nur die Presse, die an den Horrornachrichten verdient, die Menschen vergiftet, Angst schürt, mit den Gefühlen der Menschen spielt, dann sind die ehrenwerten Bürgerinnen und Bürger entsetzt über so viel Gewalt, Degeneration, her mit der Todesstrafe, dann kommen die verfickten Politiker und fordern irgendeinen Schwachsinn zum tausendsten Mal und behaupten, sie hätten das richtige Konzept, ja, wenn sie an der Macht wären, dann…Nach drei Tagen ist der Spuk vorbei, dann ist Kater Heinrich auf dem Titelblatt, der auf dem Arm einer alten Schachtel rumturnt, und der heldenhafte Feuerwehrmann wird gelobt, der das scheiß Tier aus irgendeinem Dreckskanal gezogen hat…«
»Sehen sie auch etwas Positives?«

»Nö...«
»Würden sie gerne mal etwas positiv sehen?«
»...Mein Leben lang schon...«
[Schweigen]
»Es würde mir besser gehen, wenn sie sich hinsetzten. Ich spreche nicht gern in den Rücken von jemand.«
»Ist ja gut, ist ja gut, Nicole.«
[Schweigen]
»Möchten sie über Ikbo reden?«
»Nein.«
»Wollen sie überhaupt über etwas reden?«
[Schweigen]
»...Brauchen sie ein Taschentuch?«
»Wieso?«
»Sie zwinkern ständig. Haben sie etwas im Auge.«
»Tue ich gar nicht.«
»Herr Schmidt, ich sehe es doch!«
»Dann hat der Kopfdoktor eben auch eine Wahrnehmungsstörung...«
[Schweigen]
»Meiner ist voll ausgefahren 24,5 cm lang...Aber keiner von diesen schlaffen Blutschwänzen...Der Durchschnitt in Deutschland hat nur 15 bis 17 Zentimeter...Ich...«
»Sie wollen über ihr Genital mit mir sprechen?«
»Warum nicht?...Ist doch auch nicht schlechter oder besser als über alles andere.«
»Na gut, mal sehen, wohin das führt. Weitere Details über ihr Genital möchte ich aber nicht hören.«
»Du weißt doch gar nicht, ob das wichtig für deinen Klienten ist!«
»Inwiefern?«
»Vielleicht habe ich einen ganz kleinen und muss das kompensieren.«
»Müssen sie das?«
»Nee, der ist ziemlich lang, richtig groß, nicht so 'n Schlaffie...Was meinst du, wie die Asiatinnen gucken?!«
»Wie gucken die denn?«

»Die haben Schiss, wollen paar Baht extra, musste 'nen Menge Scheine mehr ablatzen. Von hinten geht da gar nix.«
»Inwiefern ist das wichtig für sie?«
»Weiß nich'…Gebrochene Träume vielleicht…«
»Gebrochene Träume?«
»…War mit Gerd öfter unten…Ist doch alles kaputt…Na klar, kann man sagen, suchen die sich doch selbst aus, solange sie erwachsen sind, was soll's, bringt Tourismus, Geld, die können ihre Kinder und Familien versorgen, uns kostet es wenig…Verlorene, deutsche Seelen machen Fickferien. Alle haben was davon. Also, wen schert's?«
»Warum waren Gerd und sie da?«
»Eben Fickferien.«
[Schweigen]
»Nun guck doch nicht so…Ja, ich war zum Ficken da! Mehrfach und hab voll zugelangt. Ich bin ein richtiger scheiß Ficktourist, so wie er gern in den Boulevardblättern abgedruckt wird. Bloß möglichst das hässlichste Bild nehmen, was man finden kann oder unvorteilhaft aufnehmen, am besten vor seinem Eigenheim mit flennender Frau im Hintergrund, aber mein Mann, mein Mann doch nicht, alle aber nicht mein Mann!«
»Und was meinten sie mit gebrochenen Träumen?«
»…Mensch, die ganzen Kerle, die da verliebt an der Hand der Mädels übern Strand laufen…Wuffi machen, ganz verliebt drein schaun, den Mädels von der Garküche holen, Cola zum Handtuch tragen…Ich dachte, die haben da die Hosen an, sind ganze Kerle, ficken sich die ganze Scheiße aus dem Hirn…Dachte, das wären nur alte Säcke, da sind aber ganz viele junge, haben hier schon aufgegeben…«
»Haben sie sich dort in eine Frau verliebt?«
»Quatsch, das passiert mir doch nicht…Eine Hure? Wo denkst du denn hin?…Sitze da mit Gerd in der Fressstraße an der Seite des Marktplatzes, überall Garküchen…Doch auf dem Marktplatz gibt es kein Obst und

Gemüse, auch keine T-Shirts, Billigparfüms und Zigaretten, dort werden nur Frauen auf Zeit verkauft…Die ganzen Bordells, überall Weiber, Aufregung, Musik, Bässe, Drinks, zuckende Leiber, wuselnde Menschen, alle tun auf gut drauf…Ist doch alles Scheiße, ein Marktplatz der gebrochenen Träume…Da haun die Deutschen die Kohle raus, machen auf dicke Hose, aber das öffentliche Klo kostet nur 3 Baht, da sitzt die Klofrau davor, die einzige, die sich nicht auf dem Platz rekelt, liegt halt so 'n alter Köter auf den Fliesen, weil's kühlt, pisst man fast drauf…Das muss man sich mal vorstellen, hier kostet das schon einen Euro…Ist doch alles Mist.«
»Was hat ihnen denn gefehlt? Was hätten sie sich gewünscht?«
»Nee, nee, nur ficken, geht nicht um Liebe, bloß keine Gefühle, hab ich doch schon gesagt…Bringt doch alles nichts…«
»Haben sie sich einsam gefühlt?«
[Schweigen]
»Warum haben sie mir von ihrem Genital erzählt?«
»…Vielleicht weil's wichtig für mich ist, Schätzchen!?«
»Lassen sie bitte derartige Anreden, es geht mir nicht gut dabei! Also inwiefern ist es wichtig für sie, darüber zu sprechen?«
»Sieh mich an, Nicole…Ich war schon immer klein, pummelig, ein Toastbrot, 'ne scheiß Brillenschlange, auch 'ne Laser-OP hat daran nichts geändert, bin 'nen scheiß Maulwurf…Hatte Höllenakne. Mein Fresse sieht wie 'ne Mondlandschaft aus. In der Schule ham se mir gesagt, die einzige Möse, dich ich je in meinem Leben sehen würde, wäre die meiner Mutter, so hässlich wie ich sei, oder wenn ich dafür zahle…So hab ich den Spieß umgedreht, den weißen Kittel der Götter angezogen und ließ mich irgendwann fürs Mösengrabbeln bezahlen, unbegrenzter Mösenzugang…Schlaraffenland!«
»Deswegen sind sie Gynäkologe geworden?«

»Jupp. Das hat sich richtig scheiße angefühlt, die ganzen Hänseleien, die ganze Verachtung, dieser Hass, das Reduzieren auf Äußerlichkeiten…Kinder können so grausam sein.«
»Haben sie jemals mit einem Menschen darüber geredet?«
»Nee.«
»Mit Gott?«
»Gott ist ungerecht!«
»Wieso?«
»Schauen sie mich an…Ich will keine Diskussion um Theodizee führen, aber musste er mich so klein und hässlich machen? Was hat er sich dabei gedacht? Sollte ich besonders geprüft werden? Ich fick auf die Scheiße!«
»Fühlen sie sich hässlich?«
»Worüber red ich denn, was krickelst du denn nieder, was ich grad gesagt habe, ist das Blatt leer?…Ich bin bei der Verteilung von Attraktivität Letzter geworden, stehe ganz hinten in der Schlange. Der Herr hat sich aber einen besonderen Spaß erlaubt und mir kontrastreich einen Riesenschwanz verpasst…Was für eine Scheiße, heftige Scheiße ist das denn!?«
»Hat ihnen jemand mal gesagt, dass er sie nicht für hässlich hält?«
»Nein…Nicht wirklich.«
[Schweigen]
»Sabine?«
»Vielleicht…Meine Frau, vielleicht ein bisschen…«
»Ihre Eltern?«
»Meine Eltern, meine Eltern, auf welchem Trip bist du denn, kann ich deine Pillen auch haben, die müssen ja voll geil sein? Mensch, hab' dir doch erzählt, was mit denen los war…Die wollten nicht einmal, dass ich Abitur mache, geschweige denn studiere. Ich sollte etwas Ordentliches lernen, keine Flausen im Kopf haben.«
»Wie standen ihre Eltern schließlich zu ihrem beruflichen Erfolg?«

»…Mein Alter hat sich nicht interessiert, hat meine Praxis nie gesehen, ist einfach vorher verreckt. Meine Mutter hat eh nichts gerafft. Die konnte sich stundenlang Aushänge im Supermarkt anschaun.«
»Vermissen sie ihre Eltern?«
»Die können mich mal…Für meine beschissene Kindheit habe ich mich wenigstens ordentlich gerächt, an all den kleinen Babys, die mich als ersten Vertreter unserer Spezies auf diesem abgefuckten Planeten gesehen haben, nachdem sie aus dem Mutterleib rausgepresst oder geschnitten worden waren…Die haben einen Schaden weg, für immer. Sicher! Und an den Frauen, an denen hab' ich mich auch gerächt, hatte 'ne schöne Praxis, hat echt was her gemacht, kleines Luxusappartement neben dran, schön großes Bett, Spielwiese, der weiße Kittel…Und meine Alte hat nix gemerkt oder zumindest das Maul gehalten.«
[Schweigen]
»Mögen sie sich, Herr Schmidt?«
»Ach, ne, selbst wenn, das ist in Deutschland verboten, hier ist alles verboten…«
»Schon das biblische Gebot sagt, liebe deinen Nächsten wie dich selbst. Natürlich dürfen sie sich lieben, es ist die Grundlage für jede Liebe zu anderen Wesen.«
»Amen!«
[Schweigen]
»Im Kindergarten war ich scharf auf Kathrin, durfte aber nie ran, vielleicht hat mir das zusätzlich einen an die Waffel gegeben, das Genick gebrochen. Die hat schon ganz früh richtig dicke Dinger gehabt, keinen BH getragen…Mann, ich bin so oft auf sie gekommen, aber leider nur in meinem Kinderbett. In der vierten hab ich ihr einen Brief geschrieben, ob sie mit mir gehen will. Ja, nein, vielleicht waren anzukreuzen…Sie hat bis zur nächsten Mülltonne drunter geschrieben und den Zettel in der Pause laut vorgelesen, bevor sie ihn mir vor die Füße schmiss. So ging das ständig. Alle hatte 'ne Freundin und

ich bloß einen Ständer. Endlich hatte ich mit siebzehn eine abgekommen, die sonst wohl keiner wollte. Die war so hässlich wie die Nacht, total verklemmt und katholisch bis in die Fußspitzen…Als ich endlich mal ran durfte, Eltern weg, freie Bahn, natürlich würde ich ihre Tochter, ihren großen Schatz nicht anrühren und so, hat sie vorher das Licht ausgemacht. Die hatte doch tatsächlich 'ne lange Männer an und wollte die nicht ausziehen. Unglaublich. Scheiße, war das ein Krampf. Ich hab' wie der letzte Idiot rumhantiert, hat nichts genutzt. Hab's mir dann selbst auf'm Klo gemacht. Totaler Dreck. Als Krönung hat mir ihr scheiß Dackel beim Einschlafen an den Füßen rumgeleckt. Verflucht!…Erst mit 19 hat mich Nicole, haha, eine Namenskollegin von dir, zum Mann gemacht. Keine Ahnung, warum die immer mit mir ficken wollte, vielleicht war das ihr Mutter Theresa Beitrag für die Welt. Nicole wollte immer, überall, am liebsten hat sie mich dabei beschimpft und gedemütigt. Ich musste antreten, wo und wann sie wollte, musste mir Sachen anziehen, in irgendwelche Rollen schlüpfen, hatte schon die goldene Kundenkarte beim Kostümverleiher und Karnevalsausstatter. Am liebsten hatte sie mich als Hund, der vor ihr rumhechelt, kläfft und bitte, bitte sagt. Aber für die ganze Scheiße hab' ich mich gerächt. Jawoll, ich hab' mich so dermaßen gerächt…«
»Herr Schmidt, ich möchte Ihnen eine sehr ernsthafte Frage stellen und sie bitten, mir nicht auszuweichen und die Wahrheit zu sagen!«
»…Kommt auf die Frage an…«
»Okay, haben sie ihre Patientinnen sexuell missbraucht?«
»Was?«
»Haben sie ihre Patientinnen missbraucht?«
»Mensch, Nicole, dafür bin ich viel zu feige, ein viel zu großer Schwitzter. Wo denkst du denn hin, da hätte ich glatt meine Approbation verloren, den Kittel der Götter ausziehen müssen, dann wäre es aus mit meiner Rache, meinem unbegrenzten Zugang gewesen, Praxis weg,

Haus weg, Frau weg, Skandal, nee, nee…Ich hab mich überkorrekt verhalten, hatte immer eine Arzthelferin dabei. Das läuft ganz anders…Ich habe gequatscht, was die Weiber hören wollte, ach, Frau Soundso, nein, wie schrecklich, Frau Soundso, das kriegen wir alles hin, Frau Soundso…Aber am wichtigsten ist zuhören. Das kennen die Schachteln nicht, einfach zuhören, einfach, dass ihnen mal jemand zuhört. Das zerstört sie, richtet sie hin, danach sind sie ganz weich und klein.. Als Trüffel gibt es noch ein, zwei Verständnisfragen obendrein…Oh, nein, Herr Doktor, bei ihnen fühle ich mich so gut aufgehoben, sie verstehen die Frauen, ach, wenn mein Mann mir nur einmal so zuhören würde, ach, Herr Doktor, ach…«
»Okay, ich hoffe, sie können nachvollziehen, dass ich ihnen diese Frage stellen musste, aus verschiedenen Grün..«
»Schon gut, schon gut, Nicole, ist schon gut, musst dich nicht rechtfertigen, ist schon gut.«
[Schweigen]
»Gut. Die Zeit ist um. Bis zum nächsten Mal, Herr Schmidt.«
»Tschüssikowski, Nicole.«

Kapitel 11 - 42. KW, Freitag, 14.05 Uhr

»Äh, was machen sie denn hier? Ich habe bereits Praxisschluss, Herr Schmidt!«
»Hallöchen, Doktorchen, ich wollt nur auf 'nen Sprung vorbei kommen und hallo sagen.«
»Wie kommen sie denn überhaupt herein?«
»Als die olle Radow raus ist, bin ich vorm Zuschnappen noch schnell rein. Die hat nix gemerkt.«
»Herr Schmidt das gefällt mir nicht. Ich möchte nicht, dass sie irgendwelche konspirativen Dinge in Bezug auf mich tun. Andernfalls kündige ich unserer Vertrauensverhältnis meinerseits auf.«
»Tschuldigung, tschuldigung…Ich glaub, ich merk's schon selber nicht mehr, zu viele Jahre, das ganze Abtauchen, die Heimlichtuerei…Jeden Morgen das Gefühl, dass das die Bullen meine Tür eintreten…«
»Okay, Herr Schmidt, versprechen sie mir einfach, dass es nicht wieder vorkommt!«
»Deal!«
»Warum wollten sie mich sehen?«
»…Na ja, fällt mir nicht ganz leicht, aber letztes Mal war nicht übel…«
»Was meinen sie damit?«
»Ach, nur so, wollt' ich einfach nur loswerden.«
»Gut, dann lasse ich das so stehen und wünsche ihnen ein angenehmes Wochenende.«
»Dir auch, dir auch, Nicole.«

Kapitel 12 - 44. KW, Montag, 13.00 Uhr

»Tach, Doc.«
»Guten Tag, Herr Schmidt.«
»Mensch, Nicole, heute mal die Haare offen? Steht dir bombig. Siehste nich' janz so streng aus, fast sexy.«
»Wenn sie das als Kompliment meinen, danke.«
[Schweigen]
»Was starrsten so?«
»Empfinden sie meinen Blick als Starren? Meinerseits möchte ich sie einfach ankommen lassen, ihnen Zeit geben, die sie vielleicht brauchen, ihnen aber auch zeigen, dass meine Aufmerksamkeit bei ihnen liegt. Kann ich irgendetwas für sie tun, dass sie sich jetzt wohler fühlen?«
»Kannste, kannste, aber ich halt besser das Maul.«
»Nur immer heraus damit.«
»Nee, nee, lass mal. Themawechsel…Is besser so. Du glotzt mich jedes Mal am Anfang so eindringlich an, als wenn du mich durchbohren, tief in mich eindringen willst!?«
»Kann ich das denn?«
»Nee, keine Chance, nur wenn ich es zulasse.«
»Ist es für sie dann in Ordnung, so wie es ist?«
[Schweigen]
»Was denkst'n jetzt, Doc?«
»Oberflächlich betrachtet wirken sie ein wenig überheblich, wie sie so halb liegend sitzen. Sie wenden öfter den Kopf und ihren Körper von mir ab. Daraus könnte ich schließen, dass sie desinteressiert sind. Ihr Blick wirkt ein wenig leer, was ebenfalls als Nichtinteresse oder Ablehnung gewertet werden könnte. Die Arme vor der Brust verschränkt könnten für Verschlossenheit, Abwehr und eine Barriere sprechen. Ich gebe aber nicht allzu viel auf die Deutung der Kinesik.«
»Warum?«
»Ich verlasse mich lieber auf mein Bauchgefühl.«

»Und was sagt dein Bäuchlein?«
»Sie stehen entgegen ihrer Gestik und Mimik unter Hochdruck, sie sind hoch emotionalisiert, wollen unbedingt etwas los werden, wissen aber nicht, ob der Raum und die Zeit dafür gegeben sind.«
»Nicht schlecht, Nicole, nicht schlecht…«
[Schweigen]
»Herr Schmidt, ich lade sie ein, mir Vertrauen entgegen zu bringen.«
»…Ich hab' angerufen…«
»Wen haben sie angerufen?«
»Ich weiß nicht einmal, ob es Laura oder Lena war.«
»Von wem sprechen sie?«
»…Töchter meiner Frau.«
»Von ihren Töchtern?«
»…Ja…Ich hab gestern die Auskunft angerufen. Unter meiner alten Nummer hatte sich irgend so ' n unfreundliches Arschgesicht gemeldet, der jetzt in meinem Haus wohnt…Ich hab' ihm gesagt, dass ich komme und sein Arschkrampenhaus niederbrenne, wenn er schläft.«
»Meinen sie das ernst?«
»Nee, nee, der war nur total scheiße…Dann hab ich die Auskunft angerufen. Meine Ex trägt wieder ihren Mädchennamen. Die Vorwahl war aus einem Nachbarort. Sie sind weggezogen…«
»Weg aus Höxter?«
»Wa-as?«
»Ich fragte, ob ihre Familie aus Höxter weg gezogen ist?«
»Wo-woher wissen sie von Höxter?«
»Ganz einfach, sie hatten Huxaria erwähnt, was laut Google ein historischer Ortsname von Höxter ist.«
»Wann hab' ich davon gesprochen?«
»Als sie alkoholisiert zur Sitzung kamen.«
»Oh.«
»Aber fahren sie doch bitte fort.«
»…Na, ich rufe jedenfalls dort an und ein Mädchen meldet sich…Die Stimme war mir fremd…«

[Schweigen]
»Und was passierte weiter?«
»...Ich war, war so schockiert, gar nicht drauf vorbereitet, dass ich gleich wieder aufgelegt habe.«
»Und was hat das mit ihnen gemacht?«
»Ich hab' gleich noch mal angerufen, dachte, vielleicht geht ja meine Ex dran...Aber wieder das Mädchen...Wieder aufgelegt...Sie hat vorher noch perverser Spinner gesagt.«
»Wie alt sind ihre Töchter jetzt?«
»Laura elf, Lena dreizehn.«
»Wie haben sie sich danach gefühlt?«
»Beschissen...Bin ins Alt-Berlin und hab' mir ordentlich einen hinter gekippt, den Zettel mit der Telefonnummer hab' ich im Klo runtergespült...Hat doch sowieso alles keinen Sinn mehr.«
[Schweigen]
»Gerade in weniger guten Zeiten ist die Kunst der Selbstliebe umso wichtiger zum Überleben.«
»Mach's dir doch selbst!«
»Herr Schmidt, bitte!«
»Tschuldigung, die Pferde sind mit mir durch.«
»Gandhi soll gesagt haben, dass es ein großer Segen ist, allein zu sein, wenn man die Kraft dazu hat. Ich denke, dass kein Mensch für längere Zeit, unabhängig von seiner Kraft, wirklich allein sein kann. Wir sind soziale Wesen, die die Gemeinschaft zu anderen Menschen und oder Gott auch leben sollen und müssen. Sie haben eine Familie, die sie wahrscheinlich vermissen. Zu der können sie meiner Meinung nach nur zurückfinden, wenn sie über die Liebe zu sich selbst gehen, um zur Liebe ihrer Familie zurückzufinden.«
»...Das Spiel ist aus, die Zeche ist gezahlt, die nehmen mich nie und nimmer zurück...Ich will auch gar nicht.«
»Vielleicht, vielleicht auch nicht. Die entscheidende Frage ist, ob sie es herausfinden wollen. Niemand kann sie zwingen. Sie müssen es schon selbst wollen. Nichts

bleibt, wie es war. Es kann keinen Neuanfang geben. Das Wort ist widersinnig. Vielmehr handelt es sich um einen Prozess, der fortgeführt wird, mit oder ohne Unterbrechungen. Letztlich gehört alles zusammen.«
»Die Scheiße mit der Selbstliebe, Nächstenliebe, dieses ganze Drecksgequatsche kann doch keiner mehr hören. Da draußen laufen doch nur Egoisten rum, die nach Vollendung ihrer Egoshooterwelt feilen.«
»Mir geht es jetzt allein um sie…Die Hauptursache für fehlende Selbstliebe ist das mangelnde Urvertrauen aus der Kindheit, vor allem kein absolutes Ja von der Mutter gegenüber dem Kind. Kinder spüren, wenn sie nicht oder nicht wirklich willkommen von der Mutter auf dieser Welt geheißen werden. Bei der Geburt trennen sich zwei Menschen voneinander, die vorher eins war. Eine absolute, bedingungslose Liebe der Mutter ist lebenswichtig…Wenn ich es richtig verstanden habe, ist das nicht das, was sie von ihrer Mutter ausgehend gefühlt haben?«
[Schweigen]
»Nicken oder schütteln sie einfach den Kopf.«
»…Okay, vielen Dank.«
»…Und der Alte…Der Patriarch…Der Giftspritzer hat doch das Ganze verbockt!«
»Nun, zunächst steht die mütterliche Liebe im Vordergrund. Väterliche Liebe ist darüber hinaus meistens nicht bedingungslos, sondern wird an Erwartungen, zum Beispiel Pflicht, Gehorsam und Erfolg, geknüpft. Kinder versuchen, sie durch Anpassung zu erwerben. Insofern wird die Rolle der Mutter oft unterschätzt, insbesondere in patriarchisch anmutenden Familien.«
»Amen.«
[Schweigen]
»Haben ihre Eltern, vornehmlich ihr Vater, sie gedemütigt?«
[Schweigen]
»Darf ich ihre Reaktion als ein Ja verstehen?...Okay, danke. Ich habe sie das gefragt, weil Eltern in Anführungs-

strichen alles tun dürfen, nur nicht ihre Kinder demütigen.«
»…Vielleicht haben sie das so nicht gemeint oder gewollt?«
»Vielleicht, entscheidend ist aber, ob es emotional bei ihnen so angekommen und zu ihrer Wahrheit geworden ist.«
»Was hätte ich tun können?«
»Wahrscheinlich haben sie als Kind alles Mögliche versucht, vielleicht auch später, wahrscheinlich werden sie die Verletzung nicht losgeworden sein. Entscheidend ist aber vielmehr, dass sie aufhören, sich auch noch die Schuld für mangelnde, elterliche Liebe und die Demütigungen zu geben und sich nicht mehr selbst dafür zu bestrafen.«
»..Wie meinst Du das?«
»Ich habe den Eindruck gewonnen, dass sie ihr Umfeld zumindest in den letzten Jahren zunehmend schlecht behandeln, aber sich selbst meinen.«
»Was?«
»Sie bestrafen sich letztlich selbst. Egal mit wie vielen Frauen sie schlafen, wie sie sie behandeln, ob sie ihre Familie verlassen, ihren Job hinscheißen, die Fäkalsprache benutzen, sie sind wütend und richten ihre Wut über Umwege letztlich gegen sie selbst, um sich zu zerstören. Sie fühlen sich unwert, zu lieben und geliebt zu werden.«
»Jetzt reicht's aber, Nicolchen, ich hab' für heute die Schnauze voll!«
Krach.

Kapitel 13 - 44. KW, Mittwoch, 14.03 Uhr

»Herr Schmidt, was ist denn mit ihren Augen los?«
»Was?«
»Ich habe sie gefragt, was mit ihren Augen los ist.«
»Nix.«
»Ihre Pupillen sind stark geweitet.«
»Damit ich besser sehen kann…«
»Was meinen sie damit?«
»Na, so wie beim Rotkäppchen.«
»Rotkäppchen?«
»…Ja, damit ich besser seh'n kann…Sie alle besser seh'n kann, Pixel für Pixel ganz scharf und klar erkennen kann, ahoi…Den Motzverkäufer in der S-Bahn, der jed'n Tag dieselbe Leier abspielt, den Fitschizighändler im U-Bahnhof Rosa-Luxemburg-Platz, der tausende Kilometer reiste, nur um sich in den nächst'n Scheißehauf'n einzugraben, die Trinker neben dem Spielplatz in der Alt'n Schönhauser, die von der guten, alten Ostzeit seiern, den Penner mit seinen Glöckchen an den Schuhen in der Münzstraße vorm Thaispätkauf, der schon längst nichts mehr zu sagen hat, den Penner in der Torstraße vor der Post und den vor Edeka am Hackeschen-Markt, der längst nur noch liegt…Ich sehe alles, jedes Detail…Ganz genau, das ganze Bild, den ganzen Dreck, die überquellenden Abfalleimer, die Spuren der besoffenen Feiergemeinde auf den Straß'n…Ich seh' die Verschmutzung in der Luft, die Kondensstreifen am Himmel, das Loch weiter oben in der Ozonschicht, die Leere in den Augen aller…«
[Schweigen]
»Herr Schmidt, haben sie illegale Drogen konsumiert?«
»…Ich sehe deinen ganzen Frust, Schätzchen…«
»Das darf doch nicht wahr sein! Sie sind doch wirklich…«
»Wie meinen?«
[Schweigen]

»Ich bitte um Entschuldigung für meinen Ausbruch.«
»Schon gut, Nicolchen, schon gut, ist doch alles gar nicht so schlimm, ist schon gut…«
»Herr Schmidt, haben sie vor unserer Sitzung illegale Drogen zu sich genommen?«
»Jupp.«
[Schweigen]
»Was haben sie konsumiert?«
»Ich hab' nur schnell einen geraucht…«
»Sie meinen Haschisch?«
»Juppijupp…Dudeldu…Sag' mal, Schätzchen, warum hasten heute wieder so'n strengen Zopf? Hat dich dein Freund gestern Nacht nicht ordentlich durchgepimpert?«
[Schweigen]
»Ein für alle Mal, lassen sie das!«
[Schweigen]
»Tschuldigung.«
»So geht das nicht, Herr Schmidt!«
»Wassen?«
»Dass sie hier unter der Einwirkung von verbotenen Substanzen zur Sitzung erscheinen!«
»Wieso 'n? Unsere Abmachung bezog sich nur auf Alk…«
»Okay, wenn sie das Pferd so aufzäumen, haben sie natürlich Recht. Ich meinte alle legalen oder illegalen bewusstseinsverändernden Stoffe! Ist das klar?«
»…Ja, ja, schon gut, hast ja Recht…«
»Haschisch?«
»Ja.«
»Warum heute vor der Sitzung?«
»…Weiß nich'…Letztes Mal war ganz schön hart…Warst gar nicht nett zu mir…«
»Was hat sie nach der letzten Sitzung bewegt?«
»Die ganze Scheiße, die ganze Scheiße kam in mir hoch, wieder hoch, immer weiter, quoll aus 'm Kanal durch 'n Gully auf die Straße, überflutete alles, Bürgersteige, Hauseingänge, Keller, quoll immer weiter noch oben,

verdichtete sich, türmte sich auf, deckte Häuser ein, ganze Städte, schließlich die ganze Welt...«
»Was meinen Sie konkret?«
»...Verfickte Kindheit, scheiß Eltern, die ganze Kacke mit den Kindern...Meine Ex...Diese Arschkrampe, die in meinem Haus hockt...Einfach alles...«
[Schweigen]
»Nehmen sie öfter Drogen?«
»...Darüber möchte ich nich' reden!«
»Aus meiner Sicht ist es für die Therapie unerlässlich!«
[Schweigen]
»Früher hab' ich mir alles reingezogen, bis auf Heroin...Das war mir zu gefährlich, viel zu heikel, unkontrollierbar.«
»Was meinen sie mit früher?«
»...Na ja, als Student hat jeder Joints geraucht...War eben so...Du doch bestimmt auch!?...Nee, nee, du nich', warst immer schon brav...Dann war lange nix mehr, nur 'n bisschen saufen, aber nur 'n bisschen...Vorm Ausstieg hab' ich öfter gekokst, sonst hätt' ich alles schon früher hingeschmissen, die ganze Scheiße, brauchte ab und zu mal eine Pause, musste die scheiß Gedanken wegblasen, mir die Lampen ausschießen, mal Pause machen, aussteigen, runterkommen, den Dreck hinter mir lassen, dieses Geschwür, ahhhh...Nach 'm Ausstieg hab' ich mir alles Mögliche reingezog'n...Auf Ibiza ham sie mir die Scheiße hinterher geschmissen, und ich mir alles eingeschmissen, aber auch einfach alles, was auf'm Markt war...Totale Exzesse bis zum over und out...Total abgefahr'ne Scheiße, voll der Trip, voll der Horror...Bin gar nicht mehr runtergekommen, war immer drauf, konnte nicht mehr pennen, musste Schlaftabletten kontern, voll die heftige Scheiße...«
[Schweigen]
»Warum haben sie damit aufgehört?«
»Wieso aufgehört?«
»Welche Drogen nehmen sie zurzeit wie oft?«

»…Ach nur 'n bisschen Koks, Speed, ab und zu 'ne Tüte…«
[Pause]
»Herr Schmidt, hier ist die Adresse von einer professionellen Drogenberatung und einer Kollegin, die auf dieses Thema spezialisiert ist.«
»Häh, was soll'n der Scheiß, ich will nirgendwo anders hin…Jetzt, wo wir uns langsam besser kennen lernen, uns näher kommen…Ich schmeiß den Zettel ohnehin gleich weg.«
»Herr Schmidt, Suchtberatung gehört nicht zu meinen Spezialitäten. Behalten sie den Zettel einfach. Vielleicht brauchen sie ihn doch noch.«
»Mensch, Nicolchen, nun mach' doch nicht so 'n Affen wegen so 'n bisschen Kiff!«
»Herr Schmidt, die Sitzung ist für heute beendet. Sollten sie noch ein einziges Mal unter Drogeneinfluss hier erscheinen, beende ich die Therapie von meiner Seite aus und zwar unwiderruflich. Haben sie mich verstanden?…Und hören sie auf, mich Nicolchen zu nennen. Auf Wiedersehen!«
»Ist doch gut, ist doch gut…Nicht böse werden…Geh ja schon…Tschüssi.«

Kapitel 14 – 47. KW, Montag, 09.00 Uhr

»Guten Morgen, Herr Schmidt!«
»Moin, Doc.«
»Wie ist es Ihnen in der Zwischenzeit ergangen?«
»…Es hat sich nichts geändert…«
»Was meinen sie damit?«
»Die Fickscheiße.«
»Möchten sie das erläutern?«
»Klar, klar, will doch schon die ganze Zeit drüber reden, aber du lässt mich ja nich'…Immer dieser ganze Psychofilm…Scheiße, Mann…Also, ich war am 11.11. drüben in Köln zum Karneval, wir sind gleich zur Weiberfastnacht rüber, wir, also der Carsten und ich, Carsten kenn' ich aus dem Alt-Berlin, is 'n Saufkumpel, total unterbelichtet und hörig, weil ich ihn oft einlade, sind mit der Bahn rüber, 1. Klasse, Großraumwagen, Platzreservierung, schön auf dicke Hose gemacht. Schon in der Bahn ging es hoch her. Die Berliner und die vom Dorf fahren nach Köln und die Kölner nehmen reiß aus, na egal, da war irgend so 'n Altweiberkegelclub, voll die vertrockneten Schachteln, alle ausgehungert nach ein paar lieben Worten und vor allem angesoffen. Die hatten 'nen Ghettoblaster mit all diesen fürchterlichen Liedern dabei, die noch nach Wochen in den Ohren klingeln, es wurde abgeschunkelt, der Schaffner mit Konfetti überschüttet und die Olle im Bordbistro bis zum Abwinken von Carsten und mir angemacht, sind aber abgeblitzt, arschcool die Alte…Ging also summa summarum schon viel versprechend los, nur die Weiber waren zu alt und verbraucht. Aber immerhin. Mit der einen hab' ich ein bisschen auf Klo geknutscht und gefummelt, die anderen Vetteln durften nix mit bekommen, sonst wär'se zu Hause aufgeflogen, hähä, eher wohl rausgeflogen. Als wir den Rhein überquerten, haben die Schachteln Verdammt lang her von BAB abgespielt…Bin kurz sentimental geworden, Jugend uns so, ging aber gleich wieder weg. Dann ging's

schon ab ins Hotel in eine enge Gasse nahe vom Alten Markt mitten in den Trubel hinein. Carsten, der sich schon auf der Bahnhofstreppe aufs Maul gelegt hatte, so voll war der schon, und ich hatten Seemannskostüme an, bringt's immer, startet an, die Weiber steh'n drauf, Wasser, Sehnsucht, Abenteuer. Auf'm Zimmer haben wir uns noch eine Flasche Billigchampus gegönnt, dann ging's schon los…Wir also rein in die nächste Kneipe, war zum Bersten voll und die Gäste auch. Fast wären wir nicht am Türsteher vorbei gekommen, aber 'n Zehner hat ihn schnell überzeugt…Dann das Übliche. Kölsch, Kölsch und noch mal Kölsch, auf lustig machen, grinsen, blöde Sprüche reißen, Anzüglichkeiten ohne Ende, ständig auf Klo pissen, Klofrau bestechen, damit man nicht so lange in der Schlange steh'n muss. Saufen, saufen, saufen und die Lieder mitgrölen. An so 'nem Tisch gleich neben der Theke saß so 'ne fette, südländische Schönheit, Brasilianerin, wie sich später rausstellte. Die hatte so 'nen Wikingerhelm aus Plastik schief auf dem Kopf sitzen und guckte 'n bisschen traurig drein…Also ich gleich hin und mich daneben gesetzt. Hatte zwei Glas Billigsekt organisiert und stellte eins vor sie hin…Da guckt die Olle mir doch direkt in die Augen und fragt Do you wanne fuck? Ich denk', das gibt's doch nich'. Das is 'ne Nutte oder die ist völlig durch. Ich antworte jedenfalls Yes, of course, war sowieso schon die ganze Zeit geil, hätte auch gezahlt, war mir schon egal. Die nimmt meine Hand, ich ihre und zieh'se draußen gleich zum Hotel und ins Zimmer. Schwupp und schon war'se ausgezogen, lag nackt da. Rubens hätte jubiliert. Ich ging noch schnell aufs Klo pissen und eine Viagra einwerfen, sicher ist sicher. Als ich also zurückkomme, rekelt die sich auf dem Bett und streckt mir ihren Arsch entgegen, die geile Sau. Das lass ich mir natürlich nicht entgehen und fick ihr gleich rein. Ich denk' noch, vielleicht hab' ich sie falsch verstanden und die bricht ab. Aber nix is, die greift sich gleich selbst einen und besorgt's sich mehrfach bis ich's nich' mehr

aushalte und die ganze Ladung in sie reinspritze…Dann haben wir zusammen geduscht, uns gegenseitig eingeseift und das Bad voll unter Wasser gesetzt. Bis zu diesem Zeitpunkt hatten wir nich' viel mehr als zwei Sätze gesprochen…«
[Schweigen]
»Und was passierte weiter?«
»Ich hab' die Olle wieder an die Bar verfrachtet und die nächste angemacht…So läuft's halt dort.«
»Ging es ihnen gut dabei?«
»Ja, na klar, ich war voll drauf, totaler Erfolg, ich bring's also doch noch.«
»Hatten sie daran Zweifel?«
»…Nö…Na ja, vielleicht ein bisschen. Hab' in der letzten Zeit nur mit Nutten gefickt…«
»Und was hat die Erfahrung mit der Frau danach mit ihnen gemacht?«
[Schweigen]
»Na, zumindest einen running gag zwischen Carsten und mir…Der Carsten steht doch am nächsten Morgen am Fenster und schaut auf die Gasse runter, als ein kleiner Junge auf ihn zeigt und zu seinen Eltern sagt Das isser, das isser, der von gegenüber. Die Eltern haben Carsten noch vorwurfsvoll angesehen, den Kopf geschüttelt und sich dann vom Acker gemacht…Erst konnten wir uns keinen Reim drauf machen. Dann kamen wir drauf, dass die gegenüber wohnten und die Olle und mich gesehen haben müssen…Und in der Tat, ich hatte vergessen, die Vorhänge zuzuziehen. Wenn Carsten und ich uns sehen, schreit immer einer Das isser, dass isser, dann müssen wir voll los prusten.«
»Haben sie danach an die Frau gedacht?«
»…Nee, nee, nicht so wie du denkst…Einfach nur so, war witzig, die hat mir gar nichts bedeutet!«
[Schweigen]
»Warum ist diese Begegnung für sie von Belang?«
»Ist sie doch gar nicht, ist sie doch gar nicht!«

»Warum setzen sie sich in einen Raum mit einer Psychotherapeutin, erzählen diese Geschichte und bezahlen viel Geld dafür?«
»Ach, so viel Geld ist es doch gar nicht…Einfach nur so, einfach nur so…«
»Was nehmen sie aus der Begegnung mit der Frau für sich mit?«
»Das ich's noch bringe!«
»Als jemand, der einen Geschlechtsakt durchgeführt, oder als jemand, für den sich eine Frau interessiert hat?«
»…Ach, ist mir doch egal, ich hab' die Alte weggefickt und jetzt ist's aber auch gut…Irgendwie bist du wie alle Frauen, Nicole, ihr müsst uns immer den Spaß verderben, alles problematisieren, hinterfragen, ausquetschen, ihr könnt Dinge nicht einfach so stehen lassen, alles muss immer einen Grund haben. Mann, ich hab' die Alte weggefickt und nun ist's aber auch mal gut!«
»Alles hat immer einen Grund.«
»Aha, und welchen?«
»Entweder Liebe oder Angst.«
»Das ist doch Scheiße!«
»Das ist das Leben.«
»Mensch, jetzt hast du mir auch noch diese Sitzung verdorben…Immer geh' ich mit einem Scheißgefühl oder Schuldgefühl hier raus.«
»Schade, dass sie das so empfinden.«
»Ach nee, wie soll ich das denn sonst empfinden?«
»Das liegt einzig und allein bei ihnen.«
»Aha, du verzapfst die Scheiße und lässt mich dann allein damit!?«
»Ich möchte sie mit Fragen und Gefühlen konfrontieren, Prozesse in ihnen auslösen und soweit wie möglich begleiten. Ich möchte, dass sie ihre Wahrheiten spüren, ihnen vertrauen und sich von ihnen leiten lassen, nicht mehr und nicht weniger. So definiere ich meine Aufgabe als Therapeutin.«
»Sülz, sülz, sülz…«

»Ich lade sie ein, meine Worte in ihnen wirken zu lassen und zu sehen, was sie mit ihnen machen.«
»Blablabla.«
[Schweigen]
»Möchten sie darüber hinaus noch etwas mitteilen, Herr Schmidt?«
»…Jetzt geh' ich mich besaufen…«
»Es ist besser, wenn sie nach den Sitzungen keinen Alkohol zu sich nähmen, viel Wasser tränken und sich etwas Ruhe gönnten.«
»Ich werd einen für dich mittrinken, Kopfdoktor.«
»Bis zum nächsten Mal, Herr Schmidt.«
»Jeah, worauf du einen lassen kannst, Nicole.«

Kapitel 15 - 47. KW, Donnerstag, 14.10 Uhr

»…Wolltest du nicht auch schon mal Scheiße bauen, totale Scheiße, einfach nur so?«
»Was meinen sie damit?«
»Fragen, immer nur Fragen, hast Du nicht mehr drauf?«
»Herr Schmidt, ich kann ihre Frage nicht beantworten, wenn ich sie nicht hinreichend verstehe. Ich möchte ihre Worte nicht interpretieren und drauf los reden!«
»Okay, okay…Ich hab' manchmal so Phantasien…Ich stehe am Gehweg und ein Fahrradfahrer kommt vorbei geradelt. Ich tret' ihm einfach gegen seinen verfickten Drahtesel, der Typ kommt ins Schlingern, ich sehe ihm nach, er kann das Gleichgewicht nicht halten, müht sich total ab, versucht nach Plan a, Plan b und c, aber vergeblich, er packt sich voll auf die Fresse, und ich geh' weiter, als wenn nichts wäre. Passanten tun, als wenn sie den vor Schmerz schreienden und sich auf dem Boden windenden Gestürzten nicht bemerken würden, der fast von hupenden Autos überfahren wird. Andere eilen herbei, um zu helfen, wieder andere buhlen weiter um die voyeuristische Weltmeisterschaft…«
»Die Gedanken sind frei und müssen sich manchmal austoben. Entscheidend ist, ob wir genügend inneren und oder äußeren Halt haben, zerstörerische Phantasien nicht gegen uns und oder andere umzusetzen.«
»Glaubst du, ich hätt' so was schon gemacht?«
»Haben sie?«
»…Wer weiß?...Was glaubst du?«
»Spekulationen meinerseits sind nicht zielführend.«
»Mal wieder ausweichend, Kopfdoktor, mal wieder ausweichend…«
»Haben sie?«
»Na egal…Ich stehe am U-Bahnsteig kurz hinter der weißen Sicherheitsmarkierung. Es herrscht Menschengedränge. Das Quietschen der Metallräder auf den Gleisen und die Scheinwerfer zeugen vom Nahen des Zugs. Ein

Typ quetscht sich vor mir entlang, will unbedingt kurz vor der Einfahrt des Zuges noch irgendwohin, ignoriert die Gefahren so nah an der Bahnsteigkante. Ich erlöse ihn von seiner Gefahrensuche und Todessehnsucht, schubse ihn einfach auf die Gleise, wo er kurze Zeit später sauber von den bremsenden Rädern zerteilt wird. Männer gucken erstaunt, Frauen kreischen, halten sich Hände vor Münder und Augen. Ich dreh' mich um und gehe ruhig und gelassen zum Ausgang. Oben kaufe ich mir eine Currywurst, betrachte die einzelnen Scheiben und lasse sie mir genüsslich schmecken…Am nächsten Tag ist meine Fresse auf den Titelblättern zu sehen, und eine Diskussion über die Degeneration innerhalb der Gesellschaft und den Nutzen von Videoüberwachungen entbrennt zum hundertsten Mal…«

»Sie möchten mit mir über ihre Gewaltphantasien sprechen?«

»Wir sind schon mitten drin und voll dabei, Nicole, voll dabei…Ich sitze im Wartezimmer einer Doktorin. Eine alte Vettel an der Anmeldung tut geschäftig, obwohl es nichts zu tun gibt. Sie ignoriert mich, weil ich hässlich bin, oder sie es schon ihr gesamtes Leben lang tut. In ein paar Minuten komme ich an die Reihe, doch diese Minuten können zu einer Ewigkeit werden. Ich habe nichts zu tun, fühle mich unwohl, unbehaglich, unnütze, winde mich auf dem unbequemen Designerstuhl hin und her. Ich möchte keine dieser Wochenmagazine lesen, die schon so viele mit ihren Bazillenhänden angegrabbelt und entweiht haben. Ich will nur Individuelles, Frisches, Einzigartiges. Die alte Vettel beobachtet mich aus den Augenwinkeln und ignoriert mich weiter. Das Telefon klingelt. Sie nimmt ab und bürstet den Anrufer kurz nieder. Da könnte ja jeder kommen. Mein Puls steigt, die Vettel steht auf und geht in einen Nebenraum. Die Verbindungstür bleibt offen. Ich überlege, wie lange ich habe. Reicht die Zeit, um in ihre Kaffeetasse zu pissen, soll ich ihr Portemonnaie aus der Handtasche klauen? Nein,

das reicht nicht, bei weitem nicht. Ich muss ein Fanal setzen. Ich stehe auf und zünde die Anmeldeformulare auf dem Tresen an. Danach setze ich mich seelenruhig wieder hin. Die Vettel kommt nichts ahnend zurück und reißt die Augen auf. So eine Situation hatte sie noch nicht, sie ist überfordert und schaut mich ungläubig an. Ich sehe sie gelassen an und tue, als wenn nichts wäre. Die Vettel schreit um Hilfe, bittet mich um Hilfe, ausgerechnet mich, es ist aber auch sonst niemand da. Ich frage sie weshalb und zünde mir dabei eine Zigarette an…«
[Schweigen]
»Warum guckst du denn ständig zur Tür, Nicole?«
»Tue ich das?«
»Das weißt du ganz genau…Habe ich dir Angst gemacht?«
»Nein.«
[Schweigen]
»Ich flaniere ziellos vor den Geschäften herum. Ein älteres Ehepaar geht vor mir. Beide tragen fürchterliche Trachtenkluft und wirken, als wenn sie grad aus Oberammergau oder von der Jagd kommen. Sie haben einen hässlichen Dackel mit Hängebauch an der Leine, der scheintot hinter den beiden alten Säcken her trottet. In einem günstigen Moment trete ich dem Vieh voll in den Arsch, so dass er einen Satz nach vorne macht und aufgeregt und hoffentlich vor Schmerz kläfft. Die alten Fürze drehen sich um und schauen bestürzt ihren Kinderersatz an, betuteln ihn, nehmen das winselnde Vieh auf den Arm und quatschen auf ihn ein, was das kleine Kerlchen denn habe, ach wie schrecklich. Passanten haben alles gesehen und glotzen mich ungläubig an. Einige schütteln den Kopf, eine blöde Kuh schimpft auf mich ein, was für ein Bastard ich sei, aber keiner macht richtig was. Hunde zu treten ist schließlich schlimmer, als Kinder zu schlagen. Ich gehe an den beiden Waldschraten vorbei, sehe dem alten Sack, der schon viel zu lange gelebt hat, endlich abkratzen und seinen Platz für einen

neuen Versager frei machen soll, eiskalt in die Augen und nenne ihn einen Perro.«
[Schweigen]
»Machen ihnen ihre Phantasien Angst?«
»Nein.«
»Beflügeln sie sie?«
»Hmh.«
»Was machen die mit ihnen?«
»Vielleicht, vielleicht…geilen sie mich auf.«
»Möchten sie die gern umsetzen, trauen sich aber nicht?«
»Vielleicht.«
»Was tun sie dafür, sie nicht umzusetzen?«
»Keine Ahnung.«
»Möchten sie die Phantasien loswerden, oder dass sie abnehmen, sich langsam in Luft auflösen?«
»Sie bereichern mein Leben, sie sollen bleiben.«
»Okay.«
»Okay?«
»Okay.«
»Du meckerst nicht mit mir, willst mich nicht einweisen lassen, holst nicht die Bullen?«
»Wieso sollte ich das tun?«
»…Weil ich gemeingefährlich bin?«
»Das sehe ich nicht.«
»Du hältst mich für harmlos, einen Normalo?«
»Jeder Mensch ist einzigartig, ein Individuum. Ich glaube, dass sie die Phantasien nutzen, um Verletzungen und in der Folge Ärger und Zorn auszuleben. Dadurch können sie Aggressionspotential abbauen. Die Gedanken sind schließlich frei. Vielleicht wünschen sie sich auch mehr Aufmerksamkeit von ihrer Umwelt, weniger Gleichgültigkeit. Möglicherweise rebellieren sie gegen Unbeteiligtheit, Emotionslosigkeit, die sie schon von Kindes Tagen an kennen gelernt haben? Vielleicht sind ihre Phantasien nur Hilferufe, Appelle oder Versuche, durch starke Reize etwas in ihnen zu spüren, dazu da,

dass sie überhaupt irgendetwas spüren, das verschüttet ist, dass sie herausfinden, ob sie noch leben.«
[Schweigen]
»Ich muss jetzt gehen. Mach's gut.«
Krach.
[Pause]
»Frau Radow, hallo Frau Radow, nehmen sie bitte die Anmeldeformulare vom Tresen und legen sie sie dahinter, zu sich...Warum?...Spielt keine Rolle...Tun Sie es bitte einfach...Danke.«

Kapitel 16 - 47. KW, Freitag, 13.13 Uhr

»…mhm, mhm…«
»Everything okay?«
»Perfect, Tom, perfect.«
[Pause]
»Another Coke?«
»Yes, yes, mor' cock.«
[Pause]
»I promised you the best chickendöner in town!«
»Yes, yes, chickendönner, mhm, Tom, mhm…«
»Another one, Pizza or Pommes Frites?«
»No, Tom, no, enough, enough, so big, so big, next time, please next time.«
[Schweigen]
»What happened after the doc and the emergency duty?«
[Schweigen]
»Oh, Igbo, please, don't cry, don't cry, I'm so sorry, so sorry. I made a big mistake. Sorry, Igbo.«
»…Tom, Tom, doc no nice, other people no nice, Igbo alone, so alone, no doc, no doc, please, Tom!«
»No, no, Igbo, no doc again. I promise!«
»Deal!?«
»Deal!«
[Schweigen]
»Look, Igbo, I have a gift for you.«
»Gift?«
»Something from me for you.«
»Present?«
»Yes, Igbo, present.«
»What's it, Tom?«
»Look!«
»Watch?«
»Yes, Igbo, a watch for you that you know how late it is and when do we meet.«
»Oh, …, Tom, no know watch, no read.«
    »Oh, Igbo,…No problem, no problem, I teach you!«

Kapitel 17 - 47. KW, Freitag, 21.19 Uhr

»Hallo?«
[Schweigen]
»Ja, hallo, wer ist denn da?«
[Schweigen]
»Du dummes, perverses Drecksschwein. Ich kann doch deinen Atem hören. Na, holst du dir wieder einen runter mit deinem kleinen Pimmel? Hör endlich auf, hier anzurufen. Wir haben alles der Polizei gemeldet. Hast du schon mal was von Fangschaltung gehört? Wir kriegen dich. Meiner Schwester machst du keine Angst mehr. Wenn du noch mal hier anrufst, trillere ich mit der Pfeife so ins Telefon, dass dir die Ohren klingeln, du dumme Sau. Wir haben uns extra eine schön große gekauft…Ja, Mama, es ist wieder das perverse Schwein…Ja, ja, ich leg ja schon auf.«
Klick.

Kapitel 18 - 48. KW, Freitag, 13.00 Uhr

»Guten Tag, Herr Schmidt.«
[Schweigen]
»Ja, hallo, Doktorchen.«
[Schweigen]
»Wie geht es Ihnen, Herr Schmidt?«
»Geht, geht…«
»Hatten sie eine gute Zeit bis heute?«
»…Gute Zeit?...Ich hatte noch nie eine gute Zeit.«
»Wie ist es ihnen denn emotional in der letzten Woche ergangen?«
»…Was stellst du denn für dusselige Fragen? Soll ich mich jetzt besser fühlen, weil du vorgibst, dich für mich zu interessieren?«
»Stören sie meine Fragen nach ihrem Wohlbefinden?«
»Soll mir das Vertrauen, Verstehen oder Gemeinsamkeiten vorgaukeln, während du mich mit deinen kalten Augen durchbohrst?«
»Interessant, wie sie das sehen.«
[Schweigen]
»Wollen sie über etwas Bestimmtes reden?«
»Nein.«
»Möchten sie jetzt lieber nicht hier sein?«
»…Doch, doch. Muss ja, muss ja.«
»Was muss, Herr Schmidt?«
»Das Geschwür, das Geschwür…Es muss, muss weg…«
[Schweigen]
»Darf ich Ihnen eine Frage stellen?«
»Ja, ja.«
»Sind sie ein Einzelkind?«
»Warum will 'sten das wissen?«
»Je mehr ich über sie in Erfahrungen bringen kann, desto mehr Beziehungsmuster kann ich verstehen.«
»Mich versteht niemand!«
»Haben sie es schon einmal probiert?«

»Klar doch, Nicole, immer zu, immer zu…Meine Eltern haben mich nicht verstanden, na ja, eher sich nicht interessiert außer für die heile Welt…Meine Frau hat mich nicht verstanden, Gerd nicht, meine Kumpels nicht, die ganzen Mösen nicht, die ich gepimpert habe, letztlich geht es doch sowieso nur um ficken und gefickt werden…Ist doch alles Scheiße.«
»Sind Sie Einzelkind?«
»…Ja.«
»Hätten sie sich ein Brüderlein oder Schwesterlein gewünscht?«
»Was soll denn das sein, ein …lein?«
»Ja oder nein?«
»Keine Ahnung.«
»Hätten sie sich vielleicht weniger allein zu Hause gefühlt, wenn da eine Schwester oder ein Bruder gewesen wäre?«
»Zwei kleine Arschlöcher hätten die heile Welt meiner Eltern noch mehr voll gekackt. Wahrscheinlich hätten wir uns nur mit Scheiße beschmissen.«
»Um die Aufmerksamkeit ihrer Eltern zu erregen?«
»Die hätten nur ein Wischtuch geholt und na, na, so was Unartiges woll'n wir doch nicht mehr machen, was soll'n denn die Leute denken oder aus denen wird sowieso nichts gesagt…Warum, verflucht, hätte ich so 'n Scheißer neben mir haben wollen?«
»Vielleicht hätten sie einen Spielkameraden gehabt, jemand, mit dem sie kuscheln, mit dem sie streiten, mit dem sie teilen, mit dem man sich auch mal gegen die Eltern verbrüdern kann.«
»Wozu hätte das gut sein soll'n? Dann hätten doch zwei Scheißer in der Kacke gesessen und nicht nur einer. Hätte ich mich aus seine Schulter stellen sollen, damit ich aus dem Haufen rausgucken kann und er weiter runter sinkt?«

»Einzelkinder haben es schwerer, soziale Kompetenzen zu entwickeln, da sie nicht mit Geschwistern aufwachsen. Das hätte ihnen vielleicht gut getan.«
»Hätte, hätte…«
[Schweigen]
»Hatte ihre Mutter eine Fehlgeburt oder Abtreibung?«
»Abtreibung? Nach dieser Todsünde hätte sie sich exkommuniziert und erhängt.«
»Wissen oder vermuten sie, dass ihre Mutter außer mit ihnen nicht schwanger war?«
»Über so was wurde bei uns nicht gesprochen. Auf gar keinen Fall. Na, wo kämen wir denn da hin? Allein vom Reden wäre doch die schöne Mustertapete schon beschmutzt worden. Ich war der Letzte von uns Jungs in der Schule, der übers Pimpern noch nicht Bescheid wusste.«
»Sind sie deswegen wütend auf ihre Eltern?«
»Wütend? Der Alte ist längst Teil der fünfhundertsten Wurmgeneration und meine Mutter zählt die Regentropfen im Altersheim.«
»Wut ist eine Folge von Verletzung. Möglicherweise erlauben sie sich keine Wut oder vielleicht nicht mehr?«
»Das Problem hat sich bald von sich aus erledigt.«
»Was meinen sie damit?«
»Die Alte macht nich' mehr lange.«
»Woher wissen sie das?«
»…Ich hab' im Heim angerufen…Unglaublich, die Alte verreckt an Lungenkrebs wie der Giftspritzer, obwohl sie nie geraucht hat…Linientreue bis in den Tod…Der alte Sack schafft es doch tatsächlich, bis über seinen Tod hinaus, die Leute über die Klippe zu stoßen.«
»Haben sie mit ihrer Mutter gesprochen?«
»Nee, nee, nur mit 'ner Schwester.«
»Haben sie sich als Sohn ausgegeben?«
»Viel zu gefährlich, Nicole, viel zu gefährlich…Steuerfahndung und so.«
»Hätten sie gern mit ihrer Mutter gesprochen?«

»Quatsch.«
»Warum haben sie dann angerufen?«
»Nur so…«
[Schweigen]
»Fühlen sie sich einsam?«
[Schweigen]
»Fromm sagt, paradoxerweise ist die Fähigkeit, allein sein zu können, die Vorbedingung für die Fähigkeit zu lieben. Können sie etwas damit anfangen?«
»Nee.«
»Wirklich nicht?«
»…Allein war ich als Kind, dann fühlte ich mich oft allein, obwohl viele Menschen um mich herum waren, was mich noch einsamer hat werden lassen…In den letzten Jahren war ich eigentlich auch immer allein und auf mich gestellt. Die ganzen Trinker und Feiertypen sind nur Freunde, so lange die Gläser voll sind und ihre Scheißwelt durch den Alkohol angestrahlt wird...«
»Was können sie tun, um sich nicht mehr so allein zu fühlen?«
»Nix, für mich ist's zu spät.«
»Wieso soll es für sie zu spät sein? Vielleicht mussten sie erst durch das Alleinsein durch, um zu ihrer wirklichen Liebesfähigkeit zu gelangen!«
»Bei mir ist der Ofen aus. Ich hab's vergeigt, total versaut. Bevor ich abtrete, möchte ich nur noch, dass das Geschwür kleiner wird.«
»Wieso?«
»…Damit ich ohne es in die Grube gehen kann. Vielleicht nimmt mich Gott ja dann doch noch.«
»Betrachten sie unsere Sitzungen als eine Art Beichte, bevor sie Gott eines Tages gegenüber treten wollen?«
»…Nicht schlecht, Kopfdoktor, nicht schlecht, so hab' ich es bisher noch nicht betrachtet, nicht schlecht.«
[Schweigen]
»Empfinden sie sich egoistisch?«
»Wie definierst Du das denn?«

»Der Egoist fragt stets, was ihm etwas bringt.«
»…Das haben wir doch alle im Hinterkopf, mal mehr, mal weniger.«
»Mag sein, dennoch kann gerade die wahre Liebe etwas Selbstloses haben.«
»Mann, Nicole, du willst wohl, dass ich mich noch beschissener fühle…Ich hab' doch schon alles zugegeben, gesagt, dass ich immer nur soweit nett war, um mich durchschlagen, durch hangeln zu können. Ich hab' eine verkackte Scheinwelt mit Doktortitel, Praxis, Frau, Kinder und Haus und Doppelkopfrunde aufgebaut, wie ich es von meinen Eltern gelernt habe. Ich hab' total versagt und dieselbe Scheiße durchgezogen wie sie, obwohl ich es besser wusste…«
»Aber sie sind ausgestiegen, haben Konsequenzen gezogen.«
»Ja, weil ich nicht mehr konnte…Ich wär' sonst drauf gegangen oder als Familienmassakrierer auf dem Titelblatt der Bild gelandet.«
»Wären sie dazu fähig, hatten sie diese Gedanken?«
»Weiß nich', wahrscheinlich nich', aber die Dunkelheit lauert in uns allen…«
»Warum rufen sie ihre Familie und im Heim ihrer Mutter ab?«
»Hör' doch mal auf, ständig reinzupieken.«
»Vielleicht sind sie gar nicht so egoistisch, wie sie sich empfinden?«
»Ach ja, Schlaumeier, was war in meinem Leben denn nicht egoistisch?«
»Kinder in die Welt zu setzen, sie zu lieben, für sie zu sorgen, wenn auch vielleicht nicht durchgängig, einen anderen Weg zu wählen, als der Alte nicht weiterführte, für sich zu sorgen, um vielleicht zu einem anderen Zeitpunkt auch wieder für andere da sein zu können…«
[Schweigen]
»Stuss.«
»Lassen wir das einfach mal so stehen und sacken.«

»Du problematisierst alles.«
»Ich denke, dass ich sie zu ihren Wahrheiten begleite.«
»Oh, Mann, ich will nur über die Fickscheiße in meinem Hirn reden. Das läuft hier gar nicht so, wie ich es mir vorstelle.«
»Vielleicht tun wir das schon die ganze Zeit, nur mit anderen Worten und Inhalten als erwartet.«
»Noch etwas zum Abschluss, Herr Schmidt. Die tiefe und Hoffnung spendende Liebe fußt auf dem Glauben und der Hoffnung, von unendlicher Gegenliebe umgeben zu sein.«
»Amen!...Ich sehe keine Liebe um mich herum.«
»Vielleicht sehen sie nur nicht richtig hing.«
»Na darauf wird' ich mir jetzt schön einen hinter kippen und sehen, wie viel Liebe um mich herumtanzt.«
»Das wird ihre Augen eher verschließen. Je weniger wir glauben und vertrauen, desto hedonistischer sind wir.«
»Prost, Doc!«
»Auf Wiedersehen, Herr Schmidt.«

Kapitel 19 - 49. KW, Mittwoch, 10.02 Uhr

»Was soll 'n das, Doc?«
»Das ist eine Adventskerze.«
»Machste jetzt auf gemütlich?«
»Ich finde es beschaulich und passend zur Jahreszeit. Sie nicht?«
»Auf so 'nen Scheiß hab' ich noch nie gestanden…«
[Schweigen]
»Möchten sie mir etwas über Gerd und ihre Kumpels, die sie in der letzten Sitzung erwähnten, erzählen?«
»Ah, haste wieder schön mitgekrickelt und Dir 's grad eben noch mal reingezogen, ja? Warum willste was über Gerd und die anderen wissen?«
»Sie haben über ihre Eltern, ersten Beziehungen und Familie erzählt. Freunde und Kumpels fehlen für mich im Beziehungsmuster bisher.«
»Denk' ja nich', dass du über mich Bescheid weißt, nur weil ich Dir Einsicht in ein paar Blitzlichter meines Lebens gewährt habe!«
»Tue ich nicht.«
»Dann ist's ja gut…Was willste denn wissen?«
»Wie standen sie zu ihren Freunden oder Kumpels, was haben sie gemeinsam unternommen, gelebt, geliebt?«
»Du willst doch nicht auf so 'ne Schwulennummer hinaus?«
»Herr Schmidt, ich möchte grundsätzlich auf gar nichts hinaus, wenn ich sie auf dem Weg dorthin nicht mitnehmen kann.«
»Versteh' ich nich'.«
»Ich kann ohne ihre eigenen Schilderungen, Wahrheiten und Emotionen nichts Wirkliches über sie erfahren. Vor allem kann und darf ich sie nicht ändern. Ich habe auch weder die Kraft noch das Recht dazu. Ich möchte das auch nicht. Das können nur sie selbst, wenn sie es denn wirklich wollen. Ich kann sie spiegeln, ihnen Anstöße geben und auf ihrem Weg begleiten.«

»Spieglein, Spieglein an der Wand, wer ist der Dümmste im ganzen Land…Alle, alle außer dir, denn Du bist Kopfdoktorchen, schraubst die Birnen auf, schaust hinein, findest die Fehler und hast sofort die Ersatzteile, Irrtum ausgeschlossen…«
»Geht es ihnen jetzt besser?«
»…Ja, irgendwie schon…«
[Schweigen]
»Soll ich ihnen ein Taschentuch geben?«
»Wieso?«
»Sie ziehen die ganze Zeit hoch.«
»Was? Ich bin einfach nur ein bisschen erkältet.«
»Soll ich ihnen ein Taschentuch geben?«
»Nee…na ja, wenn's dich so stört…Vielleicht doch.«
»Ja, es stört mich…Hier bitte.«
»Warum sagst du es nicht direkt?«
[Schweigen]
»Sie haben Recht. Es stört mich, wenn sie mehrfach hochziehen, und ich möchte, dass sie zukünftig ein Taschentuch benutzen. Okay, und wenn wir schon einmal dabei sind, würde ich mich auch freuen, wenn sie sich beim Husten oder Niesen die Hand vorhielten.«
»Geht doch Doc, geht doch, siehste, jetzt lernst du auch noch was dazu.«
»Wir alle lernen dazu.«
»Jetzt ging's aber mal um dich! Jetzt kiekste, was!?«
»War ihr Benehmen diesbezüglich schon immer so oder wollen sie mir etwas dadurch sagen?«
»Früher war früher, jetzt tue ich, wozu ich Bock habe. Scheiß drauf!«
»Ist ihnen ihr Umfeld egal?«
»Scheißegal, so scheißegal wie ich den anderen bin…«
[Schweigen]
»Möchten sie mir jetzt etwas über ihre Freunde erzählen?«
»…Wenn's Dir hilft…Gut, wo fange ich an?…Den Gerd, meinen ehemals besten Freund, kenne ich schon aus der

Schulzeit. Gerd ist so 'ne Art Lichtgestalt. Der scheint, von einer Art Aura umgeben zu sein, ist groß, hat schwarze Haare, stechend blaue Augen, perfekte Zähne, breite Schultern, sportliche Figur, sieht einfach klasse aus. Wenn der irgendwo rein kommt, wird's still, alle kriegen große Augen, die Weiber voller Geifer, die Gockel voller Hass. Was der anpackt, gelingt einfach. Der könnte jederzeit in einer Soap über die Reichen und Schönen mitspielen und käme total authentisch rüber. Gerd war in der Schule, so wie es in den verfickten High School Filmen immer dargestellt wird, der, der in der Schulmannschaft Kapitän und Klassenbester ist, nebenbei noch lässig den Schulsprecher markiert und die heißesten Flittchen abbekommt. Gerd war alles, was ich nicht war. Ich war 'nen richtiger Außenseiter, mit dem niemand etwas zu tun haben wollte, das hässliche Entlein, die Brillenschlange, der Nichtexistente, Luft…Ich hab' mich voll an ihn rangehängt…Irgendwie hat er mich unter seine Fittiche genommen, warum weiß ich bis heute nicht, vielleicht aus Mitleid. Ab dann ging es mit mir bergauf. Der Freund von Gerd musste ja schließlich auch irgendetwas drauf haben. Man wollte es sich ja auch nicht mit Gerd verscherzen. Ich stand neben ihm, sein Licht fiel auf mich, und ich durfte ein bisschen mit leuchten. Gerd spielte in der Champions League und bekam auch die entsprechenden Cheerleader ab. Ich konnte durch ihn zumindest die Weiber aus der dritten Liga abgreifen und war glücklich darüber. Auf einmal stellten sich Leute, für die ich immer Luft oder Lästerobjekt gewesen war, gut mit mir. Gerd kam aus reichem Hause, war immer top gekleidet, hatte mit 15 'nen Zündapp-Mofa, mit 16 'ne Achtziger von Yamaha und zum Abitur bekam er von seinen Eltern ein Golf Cabriolet. So 'ne Scheiße gab's doch sonst nur im Film…Wir haben ständig zusammen abgehangen. Seine anderen Freunde haben mich nur seinetwegen akzeptiert. Treffen mit denen liefen nur über Gerd. Für mich tat sich eine völlig neue

Welt auf: Partys, Discos, Mädels, saufen, paffen, an und zu kiffen. Meine Eltern hatte er ruckzuck eingenommen. Der Giftspritzer tönte immer, ich sollte mir ein Beispiel an Gerd nehmen, das wäre ein hoffnungsvoller, junger Mann im Gegensatz zu mir, ich könnte froh sein, dass so einer sich mit mir abgab und so weiter…Nach dem Abitur haben wir uns zunächst aus den Augen verloren. Wir studierten in verschiedenen Städten. Ab und zu haben wir uns getroffen, wenn wir gleichzeitig auf Elternbesuch waren. Das war bei mir nicht häufig der Fall. Ich wollte Mr. Giftspritzer und Mrs. Luftikus so wenig wie möglich sehen. Nach dem Studium bin ich durch Zufall in 'ner Uniklinik in der Nähe meiner Heimat untergekommen und Gerd hatte nach dem BWL-Studium die Firma seines Vaters übernommen, Mr. Alleskönner…Schwupp waren wir wieder unzertrennlich. Gerd hatte so 'ne Doppelkopfrunde ins Leben gerufen. Ich machte den fünften Mann, obwohl ich Doko voll zum Kotzen fand, langweilige Scheißkerle, die um einen Tisch sitzen, Karten in der Hand halten, als wenn ihn einer abgeht, saufen und den ganzen Abend über irgendwelche Spielzüge quatschen, genauso hohl wie Fußball…Na ja, die Kumpels von Gerd waren ganz versessen drauf, sich gut mit mir zu stellen, nachdem er mich als seinen ältesten und besten Freund eingeführt hatte. Immerhin war ich ja auch noch auf dem Weg, ein Doktor zu werden. Das schindet immer Eindruck und hat bestimmt auch geholfen. Ansonsten war es wie zur Schulzeit. Alles lief über Gerd…In der Dokorunde wurde um Geld gespielt, dass aber letztlich in einer Reisekasse landete, von der wir mindestens einmal im Jahr gemeinsam weg fuhren. Das Übliche, saufen, blöd quatschen, ficken…Nachdem ich Gerds Frau auf seinem 45igsten genagelt hatte, ging's bergab mit unserer Freundschaft.«
»Wieso?«
»Wieso, wieso?...Ich weiß nich', ob seine Alte gequatscht hat, oder Gerd was geahnt hat, jedenfalls hat er sich

Stück für Stück zurückgezogen, und ich bin schon bald drauf untergetaucht.«
»Warum haben sie mit seiner Frau geschlafen?«
»…Keine Ahnung, war einfach 'ne geile Sau und sah verdammt heiß aus, immer schön mit kurzem Rock und hohen Stiefeln, tiefer Ausschnitt, große Möpse…Die roch gut und schmeckte tatsächlich gut zwischen den Schenkeln.«
»Wollten sie die Freundschaft zerstören?«
»Das hast du mich schon einmal gefragt…«
»Möglicherweise wollten sie die Brücken hinter sich einreißen, bevor sie abtauchten?«
»…Das war damals noch nicht spruchreif.«
»Wollten sie ihren Freund verletzen?«
»Wieso hätte ich das tun sollen?«
»Vielleicht weil sie neidisch auf ihn waren, gern so gewesen wären wie er, an seinem Elfenbeinturm rütteln wollten?«
»…Is mir zu tiefsinnig, Nicole. Ich hab' eben einfach alles weggefickt, was mir vor die Nudel kam…Auf Bettina war ich schon immer scharf.«
»Und dafür haben sie ihre wichtigste Beziehung zu einem Mann aufs Spiel gesetzt?«
»…Anscheinend, Nicole, anscheinend…«
[Schweigen]
»Doc, ich muss pissen, bin gleich wieder da, weiß, wo 's is.…Wenn 's länger dauert muss ich auch noch kacken, nich' wundern, konnte länger nich' mehr, wäre echt 'n Segen, drückt langsam schon.«
[Pause]
»Zuviel Information, zuviel Information, Herr Schmidt…«
[Pause]
»Herr Schmidt?«
»Jupp.«

»Äh, Herr Schmidt, ich muss zugeben, dass es mir schwer fällt...Aber sie haben einen Fleck, äh, vorn in der Hose...«
»Mach' Dir nix draus, Nicole, is 'n Pissfleck, ich schüttel' schon ab, aber manchmal läuft 's eben noch ein bisschen nach, is so 'ne Männersache, kann man nix machen.«
»Es ist mir unangenehm...Der Fleck ist ziemlich groß, so dass ich immer wieder hinsehen muss.«
»Is schon gut, Doc, is schon gut, darfst mir ruhig auf 'n Sack starren, stört mich nich', is schon gut...«
[Schweigen]
»Welche Gefühle haben sie getragen, wenn sie mit ihren Freunden auf Reisen gingen?«
»Du benutzt vielleicht manchmal komische Worte, getragen, na ja, war so, wie ich es gesagt habe...Jeder war mal mit organisieren dran. Das letzte Mal war die Reihe an mir. Ich hab 'n verlängertes Wochenende in so 'nem Russenficktempel in Side gebucht. In den Hotelbewertungen stand schon drin, dass da viele Russinnen mit Kindern Urlaub machen, also ideal. Die Männer schicken die wohl allein dorthin, weil sie selber keine Zeit haben, Kohle ranschaffen müssen oder ihre anderen Schnitten in Ruhe ficken wollen...Wir lagen keine Stunde am Pool und waren beim dritten Cocktail, als da so ein geiles Geschoss wie im Spielfilm aus dem Wasser im Pool vor Gerds Liege auftauchte, zwei Sätze mit ihm tauschte, ihr Handgelenk zeigte und schon wieder seejungfrauenmäßig abtauchte. Gerd guckte uns erstaunt an und fragte, ob er das richtig verstanden hatte. Wie sahen ihn genauso erstaunt an, weil wir doch gar nix richtig mitbekommen hatten. Na ja, die Alte hatte wohl five minutes, room, two zu ihm gesagt und dabei ihr Allinclusiveplastikarmbändchen mit Zimmernummer vorgezeigt. Wir stießen erst einmal an. Gerd schaute verwirrt rein. Ich hab' ihm auf die Schulter gehauen und gesagt, dass er es nich' raus findet, wenn er nicht bald losgeht. Gesagt getan. Kurze Zeit später kam er mit einem breiten Grinsen zurück und

sagte ich soll sofort mitkommen. Die anderen waren total angepisst, die Freunde des steilen Zahns, eine wirklich hässliche Planschkuh, hatte bei seinem Aufkreuzen auf 'm Zimmer gefragt, wo ich denn sei. Ich müsste jetzt sofort mitkommen, sonst liefe nix. Na egal, dann fick ich eben die dritte Liga, macht nichts, ist eben so wie immer, dachte ich. Ich bin vorher noch aufs Zimmer, um mich wenigstens ein wenig aufzupeppen und zog mir noch schnell einen Whisky aus der Minibar rein. Dann kam die Scheiße, ich hatte die Zimmernummer vergessen, Gerd war direkt abgezwitschert. Ich ging zur Lobby und hab irgendeinen Stuss gequasselt. Der kleine Furz sagte nur, dass es keinen sechsten Stock gäbe. Frustriert ging ich aufs Zimmer zurück und genehmigte mir noch einen. Zum Pool zurückzugehen, wäre zu peinlich gewesen. Unendliche Minuten vergingen, ich hatte schon einen prächtigen Ständer und überlegte, ob ich wenigstens wichsen sollte, da kam Gerd aufgeregt rein, wo ich denn bliebe. Also ging's ruckzuck aufs Russinnenzimmer. Gerds Schlampe kam grade nackt aus dem Badezimmer getorkelt und hatte einen Cocktail in der Hand, wahrscheinlich Wodka/O, saufen die doch alle da. Meine hatte noch ein bisschen was an, dralles Teil, sah jetzt besser aus als vorhin aus der Ferne auf der Liege. Ich sitz' mit ihr auf'm Balkon und quatsche Blödsinn auf Englisch, da fangen Gerd und der steile Zahn schon auf'm Bett zu fummeln an. Scheiße, dachte ich, die ficken gleich, und ich quatsch blöd rum wie 'nen Pennäler und hänge auf'm Balkon fest. Zum Glück hatte meine Ische es faustdick hinter den Ohren, nimmt meine Hand, führt mich vom Balkon ins Nebenzimmer. Ich hab noch nie gesehen, dass sich 'ne Olle so schnell nackig machen kann. Schwupp liegt die schon auf dem Bett, spreizt die Beine und starrt auf die Riesenwölbung in meiner Shorts. Die hat mich dermaßen durchgefickt, dass ich hinterher ganz wund war, musste zwischendurch zweimal pissen gehen, so lange hat das gedauert…abends haben wir alle dann zusammen Abend gegessen, Fotos vom dämlichen Hotelknipser machen lassen, ihnen Rosen vom Inder geschenkt und auf verliebt gemacht. Die Weiber hatten ekelhaftes Benehmen, die Teller total voll gehäuft und nix gegessen, dazu mit der Hand, Besteck kannten die wohl nicht, sich aber total in Schale geworfen. Dann is dem geilen Zahn, dem ich die ganze Zeit auf die Titten glotzen musste, der Fingernagel abgebrochen, der Abend war gelaufen. Zwei junge Dinger vom Nebentisch konnten den Blick von Gerd nicht abwenden, bekamen wohl mit, dass wir mit Landsmänninnen zusammen saßen. Unsere Weiber gingen dann ins Amphitheater zu einer dieser Drecksshows. Gerd und ich hockten an einem Tisch am Pool, die anderen griffen derzeit an der Bar an. Die jungen Dinger tauchten so plötzlich vor uns auf, als wenn sie sich im Busch neben uns versteckt hatten, und quatschten auf uns ein. Ich hatte denen nie und nimmer abgenommen, dass die schon achtzehn sind. Die waren so dermaßen blass, mussten wohl aus irgendeinem Teil in Sibirien stammen, wo nur an drei Tagen im Jahr die Sonne scheint. Ich hab' mit ihre Pässe an der Rezeption zeigen lassen, die waren doch tatsächlich vierundzwanzig, echt abgefahren. Gerd war jedenfalls schon wieder spitz und meine Beule nahm auch schon langsam wieder Form an. Ich hab' Gerd zu Seite genommen und ihm gesagt, dass wir nur eine knappe Stunde hätten, bevor die scheiß Show aus war und dass das wohl niemand anmoderieren kann. Er bekam ein irres Glitzern in den Augen, stellte sich vor die Weiber und sagte okay, two men, two women, two rooms, one our, let's go. Denen fielen die Augen raus, waren viel zu jung für so was. Die eine rannte gleich weg, die andere war zu voll und blieb noch sitzen, wollte mit mir im Pool schwimmen gehen, Nachtbadeaktion und so weiter. Ich hab' ihr gesagt, dass ich sie im Pool höchstens ficken würde. Darauf hat sie sich noch 'nen Doppelten bestellt und konnte danach nicht mehr richtig gehen. Gerd war schon wieder an der

Bar bei den anderen und ich hab' das dürre Teil auf ihr Zimmer getragen...Bald kamen schon unsere Ischen zurück. Gerds dicktittige war irgendwie kurz darauf schon angepisst, irgendein Russe musste Andeutungen gemacht haben...«
[Schweigen]
»Was passierte weiterhin in Bezug auf die beiden Frauen?«
»Gerd hat seine noch die beiden weiteren Abende gebumst, ich meine nur noch eine Nacht.«
»Weshalb?«
»Weshalb ich die nur noch eine Nacht gefickt habe?...Na ja, ist mir jetzt ein bisschen peinlich, Nicole...Also, ich hab' wohl nich' aufgepasst...Und und mit meinem fetten Schwanz wohl zu doll zugestoßen...Jedenfalls fing sie, höllisch zu bluten an, das Laken, der Teppich zum Bad, das Bad, überall Blut, alles voll. Ich hab' ihr gesagt, dass ich Arzt bin und ihr helfen kann...Das war ihr aber so peinlich, dass sie ihre Sache geschnappt und mit einem Handtusch zwischen den Beinen raus ist. Plötzlich kam Gerd durch die Verbindungstür und sah mich den Teppich schruppen. Er fragte mich mit aufgerissenen Augen, wo die Leiche ist und dass wir das Land schnellstmöglich verlassen sollten. Die Kumpels lachten sich noch Wochen später scheckig und nannten die Episode den blutigen Pfad Gottes...«
[Schweigen]
»Sie haben jetzt über Interaktionen mit Frauen erzählt, aber nichts über ihre Emotionen und Gefühle gegenüber ihren Freunden.«
»Ich bin doch keine Schwutte!«
»Sie haben doch mit Sicherheit Gefühle gegenüber Freunden oder gemeinsamen Erlebnissen?«
»...Darüber reden Männer nicht.«
»Fangen sie damit an.«
»Was?«

»Reden sie über ihre Gefühle gegenüber ihrem besten Freund Gerd.«
»Kannste komplett vergessen. Männer spielen Tennis, Karten, saufen, rauchen, quatschen blöd, bumsen, das war's...«
»Hätten sie sich mehr als das gewünscht?«
»Jetzt willste doch auf die Schwulennummer raus, ich hab' dir gleich gesagt, Nicolchen, dass du das lassen sollst!«
»Nicole bitte!«
»Tschuldigung. Aber du reizt mich eben...«
»Empfinden sie sich als homophob?«
»Homophob? Ob ich Angst vor Schwulen haben? Nee, nee, Doktorchen kannste vergessen...«
»Männer, die sich gar nicht oder kaum mit dem Thema befassen wollen, verbergen manchmal ihre Sehnsucht hinter Ablehnung und Verdammung.«
»Nee, ich steh' nicht auf Schwänze, ist doch ekelhaft, diese Arschfickerei.«
»Sie schlafen nicht anal mit Frauen?«
»Doch natürlich, da steh' ich voll drauf, am besten nach einem Einlauf, aber das ist doch etwas völlig Anderes.«
»Ist es in meinen Augen nicht.«
[Schweigen]
»Ist unsere Stunde vorbei Doc?«
»Ja, wir haben sogar etwas überzogen.«
»Ich mach mich dann mal vom Acker!«
»Gute Zeit, Herr Schmidt.«
»Gracias, buenos dias.«
»Guten Tag, Herr Schmidt, guten Tag.«

Kapitel 20 - 50. KW, Freitag, 12.54 Uhr

»Hallo, Herr Schmidt, sie sind heute ja überpünktlich.«
»Tagchen, Nicole, die Radow is schon weg. Da bin ich gleich durchgegangen.«
»Frau Radow hat heute Urlaub.«
»Is' die aus 'm Osten?«
»Herr Schmidt, das sind persönliche Informationen, die ich nicht preisgebe. Wenn es sie interessiert, fragen sie sie selbst.«
»Schon gut, schon gut, musst nich' gleich so scharf sein zu mir…Außerdem sächselt die, is also nich' schwer zu erraten, auf welchem Acker die unterm Rock hervorgekrochen is.«
»Mögen sie Ostdeutsche?«
»Ob ich Ossis mag?…Merkwürdig, dass du mich das fragst…Wenn mein Alter nicht vom Lungenkrebs über den Styx gerudert worden wäre, und er hat dem Bruder Krebs 'ne Menge Goldmünzen in den Rachen geschoben, hätten es die Ossis getan. Mensch, der alte Giftspritzer hat immer auf die DDR geschimpft, Gift und Galle auf die Brüder und Schwestern und vor allem auf die Sozialistenschweine aus dem Osten gespuckt. Da ist der doch glatt kurz vor dem Mauerfall abgekratzt und hat die Wiedervereinigung gar nicht mehr erlebt. Spätestens die Fernsehbilder hätten ihm den Gar ausgemacht. Mauer im Arsch, Invasion der Ossis, stinkende Trabis, Rotkäppchensekt, Bananen, Begrüßungsgeld…Heftige Scheiße.«
[Schweigen]
»Haben sie selbst Ostdeutsche näher kennen gelernt?«
»Klar doch, natürlich, der Carsten zum Beispiel, mit dem ich in Köln war, is 'n Vollossi. Der spricht nicht nur den harten Ostberliner Slang, der sieht auch noch tapfer wie 'n Vollprofiossi aus. Der hat doch tatsächlich noch diese billigen Ostjeans an. Wenn der ein bisschen cooler wäre, würden die Leute glatt denken, dass der auf 'nem stylischen Retrotrip aus Mitte ist, aber weder noch…Dem fällt

das gar nicht auf. Seine Hemden sind noch voll aus Plaste und Elaste, total atmungsdicht...Carsten stinkt öfter wie 'n Pumaschiss. Wenn 'ne Fliege in 'nen Raum kommt, denke ich immer, dass sie gleich zu Carsten fliegen wird, ich beobachte ihre Flugbahn und tatsächlich, irgendwann tun sie's alle...«
»Mögen sie Carsten?«
»Klar doch, klar doch.«
»In welcher Beziehung stehen sie zu ihm?«
»Was? In welcher Beziehung?...Sag mal, das mit dem Schwulending hatten wir doch letztes Mal schon geklärt...Langsam nervst du mich, Kopfdoktor.«
[Schweigen]
»Wollen sie mir etwas zu meiner Frage sagen?«
»...Mensch, der Carsten, der is 'ne treue Seele. Wir zwitschern öfter einen zusammen oder hängen ab. Einmal hat der mich mit in seine Platte, Zweiraumwohnung heißt das da, im tiefsten Marzahn genommen...Trostlos, einfach trostlos...Blühende Landschaften, na ja, ohne Vereinigung wäre es noch hoffnungsloser, aber das reicht auch noch aus...Retortenhäuser in Reihe und Glied wie Soldaten beim morgendlichen Appell, immerhin renoviert, bunte Balkone, damit man die Häuer auseinander halten kann, leere Ladenmeilen, Sonnenstudios, Nagelstudios, Erotikshops, Kioske, Trinker, Fitschizighändler, da is nix, einfach nix, was man tun kann...Außer saufen und an die guten alten Zeiten denken oder auf 'ne bessere Zukunft hoffen...«
»Was verbindet sie mit Carsten?«
»...Saufen...«
»Noch etwas außer Alkohol?«
»Manchmal kiffen wir auch...«
»Noch etwas anderes als legale oder illegale Drogen?«
»...Der is schon okay, der Carsten...«
»Würden sie ihn als Kamerad, Kumpel oder Freund bezeichnen?«

»Nee, nee,…Carsten is 'n Saufkumpan, nich' mehr nich' weniger.«
»Weil er und oder sie das nicht wollen?«
»Nicole, es ist wie es ist…Da helfen auch schlaue Fragen nicht weiter.«
[Schweigen]
»Warum trinken sie?«
»Was?«
»Warum trinken sie regelmäßig, wenn nicht sogar täglich Alkohol in wahrscheinlich nicht unerheblichen Mengen?«
»Warum ich saufe?...Was ist das denn für eine Frage!?«
»Herr Schmidt, ich denke, sie haben meine Frage verstanden.«
[Schweigen]
»…Ich bin kein Mann, vor dem man sich verneigt…«
[Schweigen]
»Können sie das bitte näher erläutern?«
»…Der Gerd, das ist so 'n Mann…Männer, Frauen, alle haben sich immer stumm verneigt…Bei mir war das anders…Ich hab' mich stets scheiße gefühlt, wie der letzte Dreck und so hat mich meine Umwelt auch folgerichtig behandelt…Der alte Giftspritzer, Mrs. Luftikus, die Kindergärtnerin hassten mich, die Lehrer ebenso, die Mädchen, die Jungs, nur Gerd, nur Gerd hat 's nich' getan.«
»Warum war Gerd anders zu ihnen?«
»Ich hab' keinen blassen Schimmer…Wir ham auch nie darüber geredet. Ich wollte es nicht gefährden, dass mich mal jemand mag.«
»Wann hat das mit dem Trinken angefangen?«
»Ach, mit Gerd und den Kumpels oder im Studium war das eher Quartalssaufen…So richtig hat das erst in der Ehe begonnen…Und, na ja, nach 'm Abtauchen…Dann aber richtig…«
»Was sind die Gründe?«
»Gründe? Warum muss alles immer einen Grund haben?«

»Weil wir nichts ohne Beweggrund tun.«
[Schweigen]
»…Das Geschwür, es wird leichter, kleiner…Ich kann das Geschwulst dann kaum noch spüren, vergesse es manchmal sogar für 'ne kurze Weile…Der übliche Wahnsinn nimmt ab…Der Alltag, er rückt weg, in die Ferne…Der Fokus verengt sich, man lebt im Augenblick und nicht im Davor oder Danach, in einem begrenzten Raum, es ist egal, was sich um einen herum abspielt, alle sind Freunde, ohne Freunde zu sein…Man ist in Gemeinschaft, man ist nie allein, die Pulle oder das Glas sind doch da…Man kann lachen, über was man sonst nicht lacht, alles ist schön, ohne schön zu sein, wenig muss, alles ist irgendwie...Der Schmerz, die Hoffnungslosigkeit, die Sinnlosigkeit, die Angst nehmen ab, verabschieden sich für kurze Zeit, der Rausch, ja der Rausch...Man sieht schärfer, riecht besser, fühlt deutlicher…Man vergisst für eine Weile, dass man ein Durchschnittstyp ist, den die meisten zum Kotzen finden, man muss die Zeit zwischen kacken, ficken und abkratzen ausfüllen, all das Sinnlose überbrücken, dem Warten auf die Würmer wenigstens irgendeinen Sinn geben, auch wenn die Antwort Alkohol lautet, man braucht eine Antwort, man muss die Langeweile ausschalten, die Dumpfheit ausknipsen…«
»Man oder sie?«
»…Ich…«
»Was passiert nach dem Konsum, dem Rausch?«
»Die Scheiße schwimmt wieder oben.«
»Wieder?«
»Nein, sie war die ganze Zeit da, aber ich habe eine Zeit lang nicht in ihr gestanden, sie gerochen, gesehen, geschmeckt. Sie war einfach nicht da. Aber natürlich war sie die ganze Zeit da. Danach stehe ich wieder bis zu den Knien in ihr…Der Pegel steigt, wächst langsam, aber stetig, Zentimeter um Zentimeter, höher, höher, unaufhaltsam meine Beine, meine Hüfte, meinen Bauch, Oberkörper himmelwärts, ein stechender Geruch steigt in

meine Nase, meine Augen fangen an zu brennen, dann ist 's endlich geschafft, die ganze Scheiße schwappt über mir zusammen, begräbt mich, dringt in alle Körperöffnungen, verdrängt das Blut und pulsiert durch meine Adern, erobert Herz und Lunge…Hat gesiegt, ich verstehe es ja, es ist ja schon gut, ich gebe auf und mich ihr hin…«
[Schweigen]
»Können sie die, äh, Scheiße definieren?«
»Was?«
»Können sie die Scheiße, die über ihnen zusammenschwappt, näher erklären?«
»Geburt, Eltern, Kindheit, Jugend, Mannesalter, Weiber, Ficken, Bumsen, Blasen, Kacken, Abkratzen…Ich wiederhole mich nur.«
»Gibt es auch etwas Schönes in ihrem Leben, etwas das mit positiven Bildern oder Emotionen besetzt ist?«
»Nein.«
»Warum ist das so?«
»Warum, warum. Es gibt eben nichts Schönes.«
»Für andere durchaus.«
»Die setzen sich eine rosarote Brille auf, parfümieren sich, stecken sich Stöpsel in die Nase, tragen Mundschutz und nehmen die Batterie aus ihrem Hörgerät, um die Scheiße nicht mitzukriegen.«
»Warum machen sie das alles noch mit?«
»Was ist die Alternative?«
»Aufgeben, sich hinlegen, sterben?«
»Das rätst du mir als Kopfdoktor? Ist ja 'n starkes Stück!«
»Ich rate ihnen gar nichts, sie fragten nach Alternativen.«
»Ja, und wo ist die positive Botschaft?«
»Die geben sie sich gerade selbst?«
»Was?«
»Sie waren mit meiner Alternative, die die schlechteste aller Alternativen für mich ist, nicht einverstanden. Also haben sie sich für etwas Positives entschieden.«
[Schweigen]

»Jetzt denkst du wohl, dass du mich am Arsch hast, dass es sich zu leben lohnt, hmh?«
»Lohnt es sich für sie?«
»Es gibt keine Alternative.«
»Was meinen sie damit?«
»Wie ich es sagte, Nicole, wie ich es sagte…Es gibt nur dieses eine Leben, danach nur die Würmer. Wir klammern uns alle an dieses bisschen Dreck und hoffen, dass irgendwann eine Putzkolonne kommt, die ihn oder mich endlich wegfegt…«
»Wie soll ihre Putzkolonne aussehen?«
»Das weiß ich nich' und lässt mich hoffen, eben weil ich es nich' weiß…«
»Wofür leben sie im Moment?«
»Ich warte auf meine Putzkolonne.«
»Was soll die tun?«
»Das Geschwür…Das Geschwür…Es muss weg, weg bevor ich zu den Würmern gehe…«
»Welchen Unterschied macht das für sie?«
»…Vielleicht hab' ich dann 'ne Chance, nicht gleich nach unten durch zu rauschen, vielleicht darf ich wenigstens oben klopfen.«
»Im Himmel?«
»Jupp.«
»Warum sollten sie da oben nicht anklopfen dürfen?«
»Ich hab' zu vielen weh getan…«
»Oder sich selbst?«
»…Keine Ahnung…Mir reicht 's für heute, Nicole, ich bin platt, muss weg, hab 'ne Verabredung, bin schon spät dran, mach' mich jetzt mal vom Acker, tschau!«
»Auf Wiedersehen, Herr Schmidt.«

Kapitel 21 – 52. KW, Dienstag, 10.03 Uhr

»Nein, nein, nein, Herr Schmidt, das glaube ich einfach nicht!«
»Morgen, Nicole, ich setz mich erst mal hin, ne! Was 'n los?«
»Ich hätte nicht gedacht, dass sie sich das noch einmal erlauben!...Einfach unglaublich!...Los, Herr Schmidt, gehen sie bitte wieder! Es langt mir!«
»Aber, aber, Nicole, bitte, ich bitte dich, ich hab' nix gemacht. Was is 'n los, was is 'n los?«
»Ich rieche es doch!«
»Nee, nee, wirklich nich', ich hab nix gemacht, nix verbrochen!«
»Verdammt noch mal, Herr Schmidt, verschaukeln sie mich nicht!«
»Womit denn, wie denn, was denn?«
»Sie haben eine mega Fahne!«
»Was?«
»Alkohol!«
»Ich hab's nich' getan, bitte glaub' mir doch!«
[Schweigen]
»Wie wollen sie diese Alkoholfahne erklären? Ich rieche sie überdeutlich, selbst bis hierher. Ihre Augen sind gerötet und sehen glasig aus. Sie schwitzen, ihre Hände zittern. Wollen sie mir erzählen, dass sie erkältet sind und einen Hustensaft genommen haben?«
»Ich hab, ich, gestern, ja doch, aber doch nich' so, wie du denkst, nich' heute, ja, ja doch, Nicole, bin gestern mit dem Carsten im Alt-Berlin versackt, is später geworden, aber nich' geplant, is doch nich' gegen dich, der Abend is mit einfach so entgleist, entglitten, einfach so, wusste doch, dass ich heut früh zu dir komme…Hab' mir mehrfach die Zähne geputzt, geduscht, frische Sachen angezogen, Mentholbonbons eingeworfen…Hilft alles nix…Ich schwör 's Dir, ich weiß doch, dass es dann aus is mit uns…Nu schau doch nich' so kalt mit deinen riesigen,

braunen Augen, ah, du durchbohrst mich ja glatt, bitte schau doch nich' so, glaub mir doch! Bitte!«
[Schweigen]
»Stehen sie auf, ich mag es nicht, wenn jemand vor mir kniet.«
»Is gut, Nicole, is gut, ich steh' ja schon auf…Hier schau mal, hier, ich setzt mich ganz brav hin…Nur schmeiß mich nich' raus, bitte…Du musst mir glauben!«
»Ich muss gar nichts…Außer einmal das Zeitlich segnen…Okay, Herr Schmidt, ein letztes Mal, es ist wirklich das letzte Mal. Mannomann.«
»Danke, danke…«
[Schweigen]
»Okay, Herr Schmidt, zurück zur eigentlichen Sitzung…Möchten sie mir heute ausführlicher von ihrem Geschwür erzählen? Dieser Euphemismus scheint, ihr zentrales Anliegen, Hauptbeweggrund zu mir zu kommen zu sein.«
»Danke, danke, Nicole…Die Liste is lang…«
»Welche Liste meinen sie?«
[Schweigen]
»Die Fickliste.«
»Fickliste?«
»Mann, Nicole, immer diese…Egal, tschuldigung…Ich geb's ja zu, aber das weiß außer Bernd niemand bis jetzt…Ich hab', äh, ich führe 'ne Fickliste.«
»Wen haben sie aufgelistet?«
»Was?«
»Wen sie aufgelistet haben!«
»Sag mal, bisse schwer von Kapee?«
»Herr Schmidt, bitte! Ich kann ihnen nicht recht folgen.«
»Nicole, hallo, Nicole, Erde an Nicole, ich spreche von all den Ollen, die ich gepimpert habe…Fummeln und Knutschen zählen nich', nur Ficks, also das volle Programm bis hin zur Buntwäsche vorne oder hinten…«
»Ich möchte nicht, dass sie in dieser Art mit mir sprechen!«

»Tschuldige…«
»Also weiter…Sie führen oder führten eine Liste darüber, mit welchen Frauen sie geschlafen haben?«
»Treffer, jetzt bisse voll im Thema, Kopfdoktor!«
[Schweigen]
»Warum haben sie das getan?«
»Warum, warum? Warum is die Banane krumm?…Ich wollte mich an alle erinnern können.«
»Weshalb?«
»…Wollte mich erinnern, will mich an sie erinnern können, alles verblasst doch, wird schwammig, zerfasert, taucht im Nebel unter, Gesichter, Körper, Titten, Ärsche, Fotzen, Beine, Gerüche, Stimmen…Irgendwie sind die doch Teil meines Lebens, irgendwie werde ich immer mit ihnen verbunden sein, egal wie flüchtig der Moment, die Nacht, wie dünn das Band war…Deswegen hab' ich sie alle aufgelistet, von Anfang an, schön der Reihe nach mit Namen oder Synonymen, wenn ich die Namen nicht wusste…«
[Schweigen]
»Warum führen sie die Liste wirklich, Herr Schmidt?«
»Wirklich? Was soll 'n das heißen?...Glaubst du mir nicht?...Hab ich doch erklärt. Mehr is da nich'.…«
»Waren ihnen die Kontakte zu den Frauen so wertvoll, dass sie ihnen gedenken wollten?«
»Wir sind doch hier nicht auf dem Friedhof!…Damit kann ich nichts anfangen…«
»Wollten sie diese Frauen ehren?«
»Mit 'ner Fickliste?...Wohl kaum, wenn das eine raus bekommen hätte, wäre ich in tausend Meter Höhe geplatzt oder ohne Fallschirm auf dem Boden aufgeschlagen.…«
»Sie hatten einmal erzählt, dass sie als Jugendlicher dachten, sie würden nie intimen Zugang zu Frauen finden, es sei denn sie würden ein Gynäkologe. Was sollte ihnen die Liste in diesem Zusammenhang bestätigen?«

»Bestätigen?...Nix, die is lang, aber ich wollte mich nur erinnern…«
»Wollten sie sich durch die Liste immer wieder vergegenwärtigen können, dass ihre Angst, keinen intimen Zugang zu Frauen zu finden, unbegründet war?«
»Ach!…Ohne Bernd, ohne meinen Beruf, wär' die total mickrig ausgefallen…Schau mich doch an…«
»Ist das eine ihrer zentralen Ängste?«
»…Nee, weiß nich'…vielleicht bin ich einfach nur sentimental und möchte zurückschauen können…«
»Haben sie Angst, selbst vergessen zu werden, in Vergessenheit zu geraten?«
»Was soll denn meine Liste daran ändern?«
[Schweigen]
»Gut, lassen wir das einfach mal so stehen…Was möchten sie mir über ihre Liste darüber hinaus erzählen?«
»…Es tut gut, tut so gut, einfach mal darüber zu sprechen, hab' so vieles nie gesagt, die ganze scheiß Geheimniskrämerei, will mich leichter fühlen, das Geschwür, es muss weg, es muss wirklich weg…«
»Okay, ich höre ihnen zu.«
[Schweigen]
»Da war die Heidrun, die hatte den geilsten Arsch der Welt, so was haste noch nicht gesehen. Die war Bedienung in einer Kneipe, wo wir einmal im Monat mit der Dokorunde waren. Der Heinz, der Chef da, hat die bestimmt nur wegen ihres super heißen Hinterns eingestellt. Der wusste genau, dass wir alle sabbernd da saßen, immer brav wieder kamen und den Umsatz steigerten. Die Schlampe hatte auch immer so knappe Jeans an, bis kurz über die Hüfte, total flacher Bauch, lange schlanke Beine, hohe Stiefel. Die Heidrun ist mit ihrem Arsch schön betont durchs Lokal geschlingert, hat die ganzen Blicke auf sich gespürt und genossen, einfach unglaublich, ich konnte mehrere Wochen an nix Anderes mehr denken. Die hatte zudem auch noch richtig stramme Titten. Wenn ich mit meiner Ollen gefickt habe, musste

ich die ganze Zeit an diesen Arsch denken und bin immer gleich gekommen, hab' voll abgespritzt. Sabine war schon sauer und hat mich gefragt, was denn mit mir los sei. Hab' natürlich abgewiegelt und ihr erzählt, wie geil ich immer noch auf sie bin. Da war die gleich ganz glücklich, hat sogar einmal geheult. Na ja, ansonsten war mit der Heidrun nicht viel los. Hat sich durchs Leben gemurkst. Ich hab' damals dem nächsten Gruppenabend in der Kneipe entgegengefiebert, war so was von nervös, dass ich mir zu Hause schon einen rein geholfen habe. Irgendwann hab ich 's nicht mehr ausgehalten, hab' meinen Mut zusammen genommen und bin allein hin, gleich an die Theke. War nur noch ein Platz zwischen den üblichen Verdächtigen, fast alles Trinker, frei. Mann, das ganze Lokal hat die Heidrun angeglotzt. Manche haben die stundenlang über die Wandspiegel beobachtet und so getan, als wenn nichts wäre. Wahrscheinlich sind die zwischendurch auf 's Klo wichsen gegangen. Ich hatte mir für den Abend extra ein neues Hemd und eine niegelnagelneue Jeans angezogen, die mir Sabine zum Geburtstag geschenkt hatte, noch nie getragen. Ich war so was von nervös, hab' mir ein Bier nach dem anderen hinter gekippt, auch Kurze zwischendurch. Dann wurde mir übel, ich ging auf 's Klo kotzen. In den alten Kneipen hatten die immer noch so Kotzbecken. Als ich zurückkam, war die Kneipe fast menschenleer. Heidrun sprach mich an, ob es mir nicht gut ginge, sie mir ein Taxi rufen soll. Na, jedenfalls sind wir so ins Gespräch gekommen. Heidrun stand natürlich auch auf Bernd. Den hab' ich ihr als Frauenheld schön ausgeredet. Als die hörte, dass ich Frauenarzt bin, wurde sie auf einmal viel netter. Die war ganz schön grad heraus und hat mir auf den Kopf zugesagt, dass sie schon lange die Fantasie hatte, einmal auf dem Gynstuhl gebumst zu werden. Das hab' ich mir nicht zweimal sagen lassen. Ein paar Tage später hab' ich ihrs nach Sprechstundenende ordentlich auf dem Stuhl

besorgt. Mann, dieser Arsch, was Geileres hatte ich nie in den Händen...«
[Schweigen]
»Und wie ging es mit Heidrun weiter?«
»...Wir haben es noch ein paar Mal getrieben...Dann hat sie mich von heute auf morgen nicht mehr mit dem Arsch angekuckt...«
»Was hat das mit ihnen gemacht?«
»Ach, nix, dann hab' ich bald Nadine in der Kneipe kennen gelernt. Sabine war übers Wochenende mit ihren Freundinnen auf Mallorca. Ich hatte mir so einen rein geholfen, dass ich morgens in unserem Ehebett ins Gesicht von Nadine schaute. Keine Ahnung, wie wir da gelandet waren. Jedenfalls hatten wir noch einen geilen Katerfick. Und dann kam 's. Ich frage, was sie so macht und sie antwortet, sie hätte gelebt. Das hat mich misstrauisch gemacht. Na, jedenfalls kommt sie dann damit rüber, dass sie Filme macht, ich, was für Filme, sie, Pornofilme, in Holland, ich musste schlucken, hatte ich besoffenes Schwein sie doch ohne Kondom gefickt, ich, was machst du denn da so alles?, sie, alles! Da wurde mir schlecht, musste reiern. Die nächsten Wochen bis zum validen Aidstest waren die Hölle...Dann die scheiß Schuldgefühle gegenüber Sabine. Fremdficken ist eine Sache, aber infizieren was Anderes. Mensch, ich war so erleichtert, als der Test negativ war...«
»Haben sie mit ihrer Frau jemals darüber gesprochen?«
»Nein.«
»Mit einem Anderen?«
»Nein.«
»Sprechen sie mit Anderen über ihre Ängste?«
»Nee, die haben selber genug, wer interessiert sich schon für so 'nen Scheiß? Jeder muss selbst klar kommen...Mit der Nadine hatte ich dann übrigens nichts mehr, das war dann auch aus, eine Pornodarstellerin, nee, nee, das ging gar nicht. Eine Zeit lang lieg dann gar nichts mehr, der Schock saß echt tief. Dann hab' ich Jeanette gefickt, eine

Nachbarin von uns. Die war chronisch untervögelt. Das war echt heikel, Mann, wenn der Ballon in der Nachbarschaft geplatzt wäre. Jeanette hatte gar kein Selbstbewusstsein, aber einen hammergeilen Body, die war so dankbar über ein paar Aufmerksamkeiten, blöde Pralinen, 'ne Rose, Billigsekt, total egal, echt anspruchslos und abgegangen ist die. Die hat sich so was von klein gemacht, dass sie immer von ihren Freundin gequatscht hat, wie toll die ist und viel besser zu mir passen würde, was die alles drauf hätte und so und dann einen blöden Fehler gemacht, hähä, hat mir Sophie vorgestellt…Und sie hatte Recht, Sophie war echt ein steiler Zahn, echt heiß und erst Mitte zwanzig, da war alles an der richtigen Stelle, noch schön fest. Die Jeanette hat dann einen Ausflug mit mir gemacht und Sophie eingeladen, ein echt blöder Fehler von ihr. Ich war hin und weg, hab' schön auf Kavalier und dezent dicke Tasche gemacht. Sophie hatte sich gerade getrennt und brauchte jemanden zum Ausheulen. Ich hab' zwar keine starken, dafür aber weiche, geduldige Schultern. Einen schwachen Moment habe ich ausgenutzt und Sophie gefickt. Dann hab' ich beide eine Zeit lang parallel laufen lassen. Sophie meinte dann leider, dass sie sich in mich verknallt hatte…War bestimmt totaler Blödsinn…Schleusenbeziehung nennt man so etwas. Jeanette hat's dann irgendwie spitz gekriegt, Frauen spüren das irgendwann, ich denke, Sabine hat auch vieles gewusst, na, egal, jedenfalls hab' ich Jeanette dann in den Sack gehauen. Zu dem Zeitpunkt hatte die sich doch glatt hinter dem Rücken ihres Mannes eine Wohnung gemietet und wollte ausziehen. Dann hab' ich ihr die Sache mit Sophie gesteckt, damit sie schön bleibt, wo sie war und keinen Stress macht. Erst wollte die doch glatt mit Sabine reden, weil ich so ein Drecksack sei und ihr auch noch die beste Freundin weggenommen habe. Da habe ich mal Klartext mit ihr gesprochen, was passiert, wenn ihr Oller das mitbekommt und sie raus wirft. Jeanette hat dann schön die Schnauze gehalten, aber die

hasserfüllten Blicke zwei Häuser weiter. Mannomann, das war vielleicht eine Scheiße, was mich da wohl geritten hat!?...Sophie ist dann aber auch dahinter gekommen, was ich so treibe und hat mir 'ne Riesenszene gemacht, eine geknallt und mich aus der Wohnung geworfen...Da bin ich wirklich noch einmal gut davon gekommen...«
[Schweigen]
»Fühlen sie sich jetzt besser?«
»...Ja, irgendwie schon, Nicole...Es tut gut, sich den ganzen Scheißdreck mal von der Seele reden zu können.«
»Warum nennen sie es Scheißdreck?«
»Ist es das etwa nicht?«
»Ich möchte nicht werten.«
»Was denn sonst, das machen doch alle!«
»Es geht nicht um Recht oder Unrecht, sondern darum, wie Dinge sich für sie anfühlen und was die mit ihnen machen.«
»Was?«
»Es geht nicht darum, ob mit ihnen, wie es im Volksmund heißt, etwas nicht stimmt, sondern darum ihnen zu helfen.«
»Und das können sie?«
»Nur wenn sie es wollen und zulassen.«
»Dann liegt's mal wieder an mir?«
»Es ist ihr Leben, ihre Verantwortung...Sie sind dafür verantwortlich, zufrieden zu sein, nicht die Anderen.«
»Einfach so!?«
»Nein, es ist harte Arbeit, Tag für Tag, wenn sie wirklich etwas in sich erkennen und an sich ändern wollen, brauchen sie mindestens zwölf Monate.«
[Schweigen]
»Was ist denn mit mir?«
»Ich sehe bei Ihnen, vereinfacht gesagt, eine Interaktionsstörung, eine Persönlichkeitsstörung. Anders ausgedrückt, sie mögen sich nicht und deswegen auch alles Andere nicht.«
»Das ist's? Das soll alles sein?«

»Das ist eine ganze Menge, sogar mehr als das...«
[Schweigen]
»Haben sie viele Frauen verletzt?«
»...Wahrscheinlich.«
»Würden sie sich gern bei ihnen entschuldigen?«
»Entschuldigen?...Weiß nich', dafür ist es wohl zu spät, so oder so. Was sollen die denn denken, wenn ich mich Jahre später melden würde?...Alte Wunden soll man nicht aufreißen...Außerdem habe ich niemanden zu etwas gezwungen. Die waren alle erwachsen und konnten für sich selbst entscheiden...Zum Paartanzen gehören zwei...«
»Oft ist es nie zu spät. Das könnten sie doch die Menschen aussuchen lassen, die sie womöglich verletzt haben. Möglicherweise finden die Beteiligten mehr Frieden.«
»Ach, nee, nee...Das geht mir zu weit.«
[Schweigen]
»Warum haben sie sich eine Frau als Therapeuten gesucht?«
»...Zufall...«
»Was löst Folgendes in ihnen aus? Ihr sogenanntes Geschwür fühlt sich leichter für sie an, wenn sie darüber reden und sich vielleicht indirekt bei mir als Stellvertreterin bei den Frauen entschuldigen, Abbitte leisten wollen?«
»Psychoscheiße! Das ist doch ein total abgefahrener Dreck...«
[Schweigen]
»Nicole?«
»Ja?«
»Ich hab noch eine Kleinigkeit zu Weihnachten für Dich.«
»Oh, das überrascht mich aber. Das ist nett von ihnen.«
»Hier!«
»Danke.«
[Schweigen]

»Ich wünsche ihnen ein frohes Fest und einen guten Rutsch in das neue Jahr, Herr Schmidt.«
»Danke, dir auch, dir auch, Nicole.«

Kapitel 22 - 52. KW, Donnerstag, 19.23 Uhr

Tuttut…Tuttut…Tuttut…
»Halllo?«
[Schweigen]
»Hallo?...Das darf doch nicht wahr sein! Woher hast du die neue Nummer?«
[Schweigen]
»Hör zu, Arschloch, ich dachte, du hättest das langsam mal verstanden, anscheinend leider nicht…Wir wissen, dass du von öffentlichen Telefonzellen aus Ost-Berlin aus anrufst, sie immer wieder wechselst und dass wir dich vorerst so nicht kriegen, aber wir erwischen dich, ich hab dich bei der Polizei wegen Stalking angezeigt, das ist eine Straftat, Scheißkerl, Du gehst in den Bau!…Du schüchterst weder mich noch meine Kinder ein. Wir haben keine Angst vor Dir oder deinem kleinen, lausigen Pimmel…Deine Scheiße geht uns am Arsch vorbei, du erbärmlicher kleiner Wichser…Oh, danke, Lena.«
Triller.
Klick.
[Schweigen]
»What, Tom?«
»Oh, nothing, Igbo, nothing. I just wanted to call my family on Christmas Day.«
»And?«
»Nobody there.«
»…You family?«
»Yes, Igbo, I have a wife and two girls.«
»Nice?«
»Wonderful…«
»Why you not home?«
»They are far away.«
»Africa?«
»Not so far but far enough.«
»Oh, you sad?«

»Oh, no, everything is all right...Come on, Igbo, we go for dinner now.«
»Chickendönner?«
»Better, Igbo, better...«
»Super.«
»I have also a small present for you!«
»Oh, Tom, you are the best...I wish you my father...«
[Schweigen]
»Tom, you cry?...I have said wrong?«
»No, no, Igbo, it's only cold, only cold, I am freezing, I don't cry...You are wonderful, Igbo. Please don't think, that you have made something wrong. You are the best boy!«
»Thanks, Tom,...I hungry.«
»Come on, this way, it's not far away...«

Kapitel 23 - 2. KW, Montag, 08.59 Uhr

»Frohes Neues, Nicole.«
»Guten Morgen, Herr Schmidt, auch ich wünsche ihnen ein frohes, neues und vor allem gesegnetes Jahr.«
»Amen.«
[Schweigen]
»Du bist ja so braun, Meer oder Berge?«
»Ich möchte nach wie vor nicht über mein Privatleben sprechen.«
»Die Radow hat ohnehin schon ausgeplaudert, dass du im Skiurlaub warst.«
»…Dann muss ich wohl noch einmal mit Frau Radow sprechen.«
»Hast Du schlechte Laune?«
»Nein, wirke ich so auf sie?«
[Schweigen]
»Du bist böse auf mich!«
»Wie kommen sie darauf?«
»Dir hat mein Weihnachtsgeschenk nicht gefallen!«
»Was wollten sie mir damit sagen?«
»Hat es dir nun gefallen oder nicht?«
»Meinem Beziehungspartner hat es nicht gefallen.«
»Ich fragte nach Dir!«
»Mein Beziehungspartner hat mich gefragt, wie ein Patient dazu kommt, mir so etwas zu schenken.«
»Und?«
»Ich weiß es nicht und frage sie deshalb.«
»…Nun, du ziehst dich immer so streng an, machst deine Haare so streng nach hinten, blickst streng, fast kalt, bist immer so gefasst, so sachlich. Deine Aura, du, das erinnert mich alles an eine Domina. Mit deinem Freund hast du wahrscheinlich wenig Spaß im Bett, machst nur auf Hausfrauensex, bist nicht locker, kannst nicht los lassen, ließt sonntags wahrscheinlich noch Akten im Bett. Deshalb die Peitsche…Ist übrigens kein so 'n Billigschrott, ist ein edles Teil, hat mich ganz schön was gekostet…«

»Interessant, wie sie mich sehen.«
»Das ist alles?«
»Was wünschen sie sich denn?«
»…Mal eine normale Reaktion von Dir, etwas Menschliches, dass du mal von deinem Thron runter steigst, ein bisschen mehr Frau.«
[Schweigen]
»Herr Schmidt, ich bin Therapeutin und sie mein Patient, nicht mehr und nicht weniger.«
»Was?«
»Ich möchte mich auf keiner anderen Ebene mit ihnen bewegen, insbesondere nicht in emotionaler und sexueller Hinsicht…Sollte die Peitsche ein Hinweis von ihnen sein, dass sie sich eine sexuelle Beziehung mit mir wünschen?«
»So 'n Quatsch, Nicole, so 'n Quatsch.«
»Gut, dann haben wir das hoffentlich geklärt oder zumindest vereinbart?«
»Klar doch, klar doch…«
[Schweigen]
»Möchten sie darüber sprechen, wie sie ihre Ehefrau kennen gelernt haben?«
»Was?«
»Wie haben sie Sabine kennen gelernt?«
»Was soll das denn jetzt?«
[Schweigen]
»Ich würde gern etwas über ihre Ehefrau und Ehe erfahren.«
»Warum?«
»Ich denke, dass das ein wichtiger Meilenstein in ihrem Leben ist.«
»Du nennst Sabine einen Meilenstein?«
»Wenn das Wort sie stört, formuliere ich es gern um. Sabine dürfte ein sehr wichtiger Mensch in ihrem Leben sein. Sie haben Sabine geheiratet und zwei Töchter mit ihr bekommen.«
»…Und sie ständig beschissen und belogen…«

»Sabine oder sich selbst, aber das steht auf einem anderen Blatt. Ich würde gern die anderen Seiten zu lesen bekommen.«
»Und ich soll ihnen vorlesen?«
»Ja.«
»…Tanzkurs.«
»Tanzkurs?«
»Sagte ich…Bei uns machten wir als Jugendliche alle einen Tanzkurs. Das war so selbstverständlich wie die Konfirmation oder Kommunion, also wie das Amen in der Kirche. Ich wurde zwar immer als Letzter gewählt, aber mir ging schnell ein Licht auf, dass man über den Tanzkurs und insbesondere die Herrenwahl an die Mädels ran kam, und sie nicht weg konnten. Die Hüfte konnte ich ganz gut schwingen, auch wenn die Weiber einen Kopf größer waren. Unser Tanzlehrer war noch ganz alte Schule, gegelte Haare, Schnauzer, Nadelstreifenanzug, Einstecktuch und so. Der war echt streng, ging voll nach dem Leistungsprinzip, somit hatte ich bei ihm gute Karten. Man sollte sich einmal ein Beispiel an mir nehmen, hatte er gesagt, der Herr Friedchoff. Das hatte noch nie jemand über mich gesagt…Danach auch nicht wieder…Na ja, ich konnte damals zwar noch kein Mädel abgreifen, murkste nur so rum, aber die Sache mit dem Tanzkurs ließ sich gut an, machte Hoffnung. Nach dem Studium bekam ich wie schon erwähnt eine Stelle im Krankenhaus in meiner Heimat. Es lief der eine oder andere Flirt, aber letztlich konnte ich im Krankenhaus bei keiner landen, bin immer wieder abgeblitzt. Die Sammlung meiner eingehandelten Körbe wuchs weiter. Dann ist mir die Sache mit dem Tanzen eingefallen. Ein Blick in die Zeitung sollte mein Schicksal sein. Der wöchentliche Anfängerkurs für Erwachsene und Junggebliebene fand immer dienstags um 19.00 Uhr ausgerechnet in meiner alten Tanzschule statt. Es war wie damals, nichts hatte sich verändert, alles wirkte zeitlos schäbig, das blanke Parkett, die getäfelten Wände, vergilbte Gardinen, die

überdimensionale Diskokugel...Ich war sehr früh da, um die beste Solofrau abzugreifen. Der Kurs war für Pärchen und Einzelpersonen ausgewiesen. Man achte auf Ausgewogenheit, hieß es in der Annonce. Es waren aber fast nur Pärchen und wenige verirrte Seelen wie ich da. Einem völlig fetten Weib und einer Schweißtante mit wirrem Haar ging ich in der Hoffnung, dass die Zuteilung auf Andere fiel, sofort aus dem Weg, sogar extra noch einmal auf's Klo eine rauchen. Dort roch es immer noch stark nach Urinstein und scharfen Reinigungsmitteln. Als ich zurückkam, wollte ich die Sache aufgeben, einen letzten Blick wagen und mich verpissen, als Sabine völlig abgehetzt rein kam. Sie war glatt eine viertel Stunde zu spät, eine Angewohnheit, wie ich später raus finden sollte...Echt nervig, aber egal. So wollte es das Schicksal, alle Anderen hatten sich bereits gefunden, die einzig Übriggebliebenen wurden vom Tanzlehrer zusammengeführt. Die Annonce hatte also doch nicht gelogen. Der alte Friedchoff hatte bereits ins Gras gebissen, wie ich kurze Zeit später von seinem Nachfolger erfuhr. Sabine hatte hellblau gesprenkelte Augen, wie eine Supernova, war naturblond, wenn auch blondiert, ihre 159 Zentimeter kamen mir zupass, wenn man sich meine Größe vor Augen hält. Sie war zwar etwas pummelig, aber alles war an der richtigen Stelle und schön drall, ein Vollweib, was sie selbst aber nicht wusste, kam aus einem kleinen Kuhscheißdorf, beide Eltern bereits abgekratzt, lebte bei der Tante, hatte noch nichts von der Welt gesehen, ein richtiges Landei, machte eine Ausbildung als Einzelhandelskauffrau beim Dorffleischer, das muss man sich mal vorstellen!...Sie war zwar keine Jungfrau mehr, benahm sich aber so, war richtiggehend unbeholfen. Wenn sie mich nicht angelogen hat, war ich der dritte Mann in ihrem Leben...Sabine, ja, die war ein Augenschmaus, ein wirklicher Rohdiamant und total naiv. Die stand aber nicht auf mich...zumindest zu dem Zeitpunkt nicht...«
»Woher wollen sie das wissen?«

»So was weiß man doch!«
»Haben sie sie gefragt?«
»Nee, musste ich nicht…Na, jedenfalls habe ich sie mit meinem galanten Tanzbein etwas beeindrucken können. Sie hatte zwar auch als Jugendliche einen Kurs gemacht, hatte den Dreh aber nicht raus. Mann, wie oft die mir auf die Füße gelatscht ist…Für den schönen Otto hatte die Augen, die ganze Zeit über beglotzte sie den von oben bis unten. Wir nannten ihn so, weil er sich wirklich für den Schärfsten hielt. Zugegeben, gut hat er ausgesehen, wie er da so über das Parkett federte, das war aber schon alles. Im Gegensatz zu Bernd. Der sah toll aus und hatte wirklich Charisma, eine richtige Aura…Hahaha, hat ihm aber auch nichts mehr genutzt, als ich seine Bettina gebumst habe…«
»Wie ging es mit Sabine weiter?«
»Ach ja, ich konnte Sabine dazu bringen, mich als festen Tanzpartner zu akzeptieren. Die fuhr immer mit dem Bus vom Tanzen in ihr Scheißkaff. Ich habe sie bequatscht, dass es sicherer ist, sich von mir fahren zu lassen. Die Leute und so, man weiß ja nie, wer sich abends alles so rum treibt. War natürlich total übertrieben, dort wurden um 19.00 Uhr die Bürgersteige hochgeklappt. Ich hatte einen 3er BMW, zwar gebraucht, der machte aber mit Ledersitzen, Sportauspuff, Alufelgen und schwarzem Lack schon was her. So hatte ich den Fuß in der Tür, stellte mich brav der Tante vor, brachte mal Blumen oder Pralinen mit, alte Schule halt. Sabine wurde immer ganz hellhörig, wenn ich vom Krankenhaus, Ärzten, Doktoren, Oberärzten und so weiter laberte. Die Akademikerscheiße beeindruckte sie ungemein. Manchmal bekam sie so ein Funkeln in den Augen, was nach ein paar Jahren aber erlosch. Ich bekam bald mit, dass sich in dem Kuhkaff samt Umgebung so einige Junggesellen um sie bemühten. Ist doch klar, so eine dralle Dorfperle im Metzgerladen inmitten von Fleisch, viel Fleisch, die muss man doch verhaften und heiraten, bevor sie ein anderer einem weg-

schnappt...Sabine hat sich ganz schön geziert, da war kein Rankommen, die hat auch noch ihrem Ex hinterher geheult. Das war der Grund für den Tanzkurs. Ihre Tante wollte, dass sie sich mal ablenkt und nicht den ganzen Abend hinter der Gardine hockt und wartet, dass der Scheißer zurückkommt. Der arbeitete in der Bank, machte auf seriös, mit Anzug und so, heimatverbunden, Dorffußballer, Schützenverein, die ganze Pisse, hat sie die ganze Zeit nur ausgenutzt und mit der ollen Saftschleppe aus dem Vereinsheim gefickt. Der hatte es echt faustdick hinter den Ohren, erzählte Sabine doch glatt, dass sie so ein Engel für ihn wäre, dass er kaum mit ihr Sex haben könnte, um sie und seine Liebe nicht zu beschmutzen, er wäre aber schließlich ein Mann mit Bedürfnissen, die er hier und da schließlich mal befriedigen müsste. Die blöde Kuh hat dem doch diesen totalen Schwachsinn glatt abgekauft und redete Jahre später noch in den höchsten Tönen von dem Arschwichser. Auf so eine Scheiße muss man erst einmal kommen, aber Respekt. Ich glaube, dass ich mir ein bisschen von seiner Dreistigkeit abgekuckt habe. Mann muss irgendeine verfickte, abgedrehte Scheiße finden und beharrlich bei ihr bleiben. Irgendwann knicken die Weiber ein, zuviel Selbstzweifel...Geknackt habe ich Sabine bei einem Picknick. Ihre Tante hatte mir gesteckt, dass Sabine auf so einen Dreck steht. Also habe ich brav alles eingekauft, mir ein schönes Stückchen im Wald ausgekuckt und noch eine Halskette oben drauf gelegt. Und die war nicht billig. Sabine wollte aber immer noch nicht so richtig, da habe ich ihr einfach erzählt, ich sei ein Sechser im Lotto...«
»Ein Sechser im Lotto?«
»Ja doch! Ein Sechser im Lotto, aber nicht so wie du jetzt denkst. Die Schnecken stehen meistens nicht auf dicke Tasche machen, jedenfalls nicht, wenn es ernster wird. Ich habe den Spieß einfach umgedreht und mich dadurch glaubwürdig gemacht...Ich erzählte ihr also, ich wäre kein großer, stattlicher, schöner, reicher Mann, kein Ado-

nis, sondern eine Brillenschlange, hätte schwere Akne gehabt, keinen guten Lauf bei Frauen, dafür könnte ich zuhören, für Menschen da sein, für sie sorgen, wäre treu, allein schon aus Dankbarkeit und Demut, so einen wunderschöne Frau wie sie an meiner Seite haben zu dürfen. Die Frauen würden doch immer erzählen, dass das Aussehen nicht so wichtig, vielmehr der Charakter ausschlaggebend wäre und davon hätte ich eine Menge zu bieten. Schließlich wäre ich ja auch auf dem Weg zum Doktor, sie sozusagen dann irgendwann auch Frau Doktor, und könnte mir vorstellen, ein nettes kleines Haus mit Kindern zu bewohnen…Das hatte sie zerstört, richtiggehend hingerichtet. Ab dem Zeitpunkt hatte ich sie am Haken, Sabine zappelte und lächelte mich dabei auch noch freudig an…Zwei Monate später habe ich ihr einen Heiratsantrag gemacht. Ich hatte Angst, dass sie sich vom Haken windet, obwohl das Ficken aus heutiger Sicht damals schon mittelmäßig war und auch später nicht besser werden sollte. Bei meiner damaligen Erfahrung war es aber das große Programm mit Sabine. Na ja, ich hatte ja auch nicht viel drauf, damals…«
»Und dann haben sie bald geheiratet?«
»Ja.«
»Haben sie Sabine geliebt?«
»…Weiß nich' so recht…«
»Haben sie Sabine geliebt?«
[Schweigen]
»Ja.«
»Lieben sie sie noch?«
»…Ja, nein, jein, ach, was weiß ich, du immer mit deinen Fragen…«
»Was lieben sie an ihr?«
»Ach, na ja, die hat so süße Grübchen, wenn sie lacht, dabei zeigt sie ihre schönen, ebenen, weißen Zähne, ihre Lippen sind so weich, das Küssen war immer das Beste an ihr, das bin ich nie satt geworden und ihre Augen…«
»Was noch?«

»Sabine war immer ein bisschen unbeholfen, auch wenn sie sich über die Jahre gut gemacht hat. Ich wollte sie immer ein bisschen beschützen. Ihre Eltern waren tot, Großeltern auch, sie hatte nur ihre unverheiratete Tante, die alte Vettel…Sabine war immer gepflegt, hat sich nicht gehen lassen, Wert auf ihr Äußeres gelegt. Trotz der beiden Mädchen hat sie immer ihre kleine, dralle Figur gehalten, ist nie aus dem Leim gegangen. Ihre Titten haben sich über die Jahre echt gut gehalten, schöne Form, blassrosa, kleine Nippel, die immer gleich hart wurden…Sabine wollte auch immer Sex…Zumindest hat sie sich nie versagt. War auch ziemlich aufgeschlossen, mit der konnte man das große Orionpaket leben…«
»Was lieben sie an ihrem Wesen?«
»Wesen?...Sabine ist eine tolle Mutter, fürsorglich, auf die kann man sich verlassen, mit ihr durch dick und dünn gehen, sie ist treu, ein Partner…«
»Gibt es da noch mehr, ein noch tieferes Band der Liebe?«
»Was?«
»Was verbindet sie am tiefsten mit ihr, was hat sie am meisten zu ihr hingezogen?«
»…Keine Ahnung, hab' alles schon gesagt, da is nix mehr…«
»Können sie diese Liebe im Moment in sich spüren?«
»Nee…Nich' so richtig…Abgekühlt…Alles tot.«
»Eher verschüttet?«
»Keine Ahnung.«
[Schweigen]
»Was empfinden sie in Bezug auf ihre beiden Töchter?«
»Uff, das wird mir jetzt ein bisschen zuviel auf einmal.«
»Was macht das mit ihnen?«
»Jetzt aber mal halb lang, Kopfdoktorchen.«
[Schweigen]
»Möchten sie zu ihrer Frau und ihren Töchtern wieder Kontakt haben?«

»Ach, so 'nen Scheißdreck, die Sache ist vorbei, seit Jahren, Tote soll man nicht aufwecken, bringt nur Unheil…Für alle.«
[Schweigen]
»Okay, ich denke, das reicht für heute, Herr Schmidt.«
»…Ja…«

Kapitel 24 - 2. KW, Freitag, 09.02 Uhr

[Schweigen]
»Okay, Herr Schmidt, bevor wir anfangen, ist alles soweit in Ordnung mit ihnen?«
»Was?«
»Herr Schmidt, sind sie okay?«
»Wieso denn?«
»Sie sehen etwas, wie soll ich es sagen?...Sie machen einen etwas abwesenden, wirren Eindruck auf mich.«
»Wirr?«
»Nun, umgangssprachlich ausgedrückt sehen sie für mich etwas durch den Wind aus.«
[Schweigen]
»Bin ausgestiegen.«
»Ausgestiegen?«
»Ausgestiegen.«
»Aber sie sind doch schon vor Jahren ausgestiegen!?«
»Nee, nee, Nicole...Ich meine den Alltagswahnsinn.«
»Ich hoffe nicht, dass sie alltäglich mit Wahnsinn ringen.«
»Du immer mit deinen Spitzfindigkeiten, Kopfdoktor.«
»Ich möchte damit meiner Sorge Ausdruck verleihen, dass ich nicht hoffe, dass sie an der Schwelle des Wahnsinns stehen.«
»Mann, ist doch nur eine Wortspiel...Ich kann, kann das einfach nicht mehr.«
»Was können oder wollen sie nicht mehr leisten?«
»Leisten?...Aufwachen, klar werden, Augen öffnen, Entschluss fassen, Gliedmaßen bewegen, Decke zur Seite, Körper aufrichten, aufstehen, gehen, pissen, Hände waschen, Zahnseide, Zähne putzen, Creme nehmen, Tube drücken, Paste auf die Finger nehmen, Wasserhahn an, aufschäumen, im Gesicht verteilen, Rasierer nehmen, ansetzen, rumschaben, Rasierer auswaschen, neu ansetzen, schaben, Rasierer reinigen, weglegen, Wasser einlaufen lassen, in die Wanne steigen, hinlegen, Ruhe bewahren, obwohl ich mich wie ein gehetztes Karnickel auf der

Treibjagd fühle, Entschlüsse fassen, Haare nass machen, waschen, Lotion nehmen, einwirken lassen, waschen, aufstehen, Handtuch nehmen, trocknen, raus aus der Wanne, Rasierwasser nehmen, auf die Hände verteilen, aufs Gesicht klatschen, brennen, Cremedose nehmen, Creme auf die Hände, einschmieren, gehen, einen Fuß vor den anderen setzen, Entschlüsse fassen, Anziehsachen rausnehmen, Unterhose, Unterhemd, Socken, Hose, Gürtel, Hemd, Schuhe, Jacke, gehen, Beine bewegen sich, Armbanduhr, Portemonnaie, Schlüssel nehmen, Wohnung verlassen, wohin, weshalb, warum, wozu noch…Entschlüsse fassen…Entschlüsse fassen…«
»Das hört sich für mich irgendwie nach Müdigkeit und Kraftlosigkeit an!?«
»Jeden Tag die gleiche Scheiße, Don Quichotte und Sisyphos waren dagegen im Ferienlager.«
»Haben sie keine Ziele?«
»Was?«
»…Es müssen keine großen sein, eher alltägliche, die von Tag zu Tag variieren können?«
»Ziele zu erkennen, zu haben ist genauso anstrengend. Sie erfordern Wünsche, Träume, Gedanken, Emotionen, insbesondere aber auch Entschlüsse, verdammte Entschlüsse…«
»Wovor haben sie am meisten Angst?«
»…Och, nix Bestimmtes…Es ist im Moment eher so, dass ich denke, nicht mehr aufstehen zu können, nie wieder, dass ich es nicht mehr packe, auch nur noch einmal an einem dieser verfluchten Tage hochzukommen, dass ich nicht mehr kann, kein bisschen mehr, einfach liegen bleibe, das war´s dann…«
»Deswegen haben sie sich nicht rasiert, frisiert etc.?«
[Schweigen]
»Kann es sein, dass sie vor einem weit reichenden Entschluss stehen, noch keine Antwort haben, und dass ihnen deshalb alles Andere so schwer fällt, erscheint?«
»Welchen denn?«

»Was meinen sie?«
»Warum spielst du meine Fragen immer zurück an mich?«
[Schweigen]
»Ich versuche, es für sie zu formulieren. Nach Jahren sind sie nach Deutschland zurückgekehrt. Das hat einen Grund. Angst oder Liebe. Ich denke, dass sie aus Liebe zu ihrer Familie und ihren Wurzeln zurückgekehrt sind.«
»Ach und warum hänge ich dann in Berlin ab?«
»Es ist ein Prozess, vielleicht war der Schritt, direkt in ihre Heimat zurückzukehren, zu groß. Vielleicht brauchen sie den Einstieg oder Umweg über Berlin. Sie nehmen sich die Zeit, die sie brauchen…Im Grunde glaube ich an ihre tiefe Sehnsucht nach ihrer Familie.«
[Schweigen]
»Wann fing das mit den von ihnen beschriebenen Ängsten an?«
»Dienstag.«
»Dienstag nach unserer letzten Sitzung am Montag?«
»Ja.«
»Kann es sein, dass ihre Ängste in Verbindung mit unserem Gespräch über Sabine und ihre beiden Töchter stehen.«
»…Keine Ahnung…Vielleicht…«
»Dann würde ich gern in diesem Zusammenhang fortfahren. Ist das in Ordnung für sie?«
»…Mal sehen, wohin das führt.«
»Gut, gut…Können sie das Beziehungsmuster zwischen ihnen und Sabine anhand von Beispielen erläutern?«
»Beziehungsmuster? Was meinst 'n?«
»Wiederkehrende Dinge, die ihre Beziehung getragen oder bestimmt haben? Ich meine das wertfrei.«
»Warum willst 'n darüber was wissen? Sicher doch nur, um wieder dein Büchlein schön voll krickeln zu können? Ja, ja, ich hab's drauf als Therapeutin?«
»Herr Schmidt es geht hier um sie, nicht um mich. Für ihre Beziehungsfähigkeit ist es von größter Bedeutung,

Beziehungsmuster erkennen und über die negativen hinauszuwachsen zu können.«

»Also, die Sabine, die hat sich schon toll um uns alle gekümmert…Sie war sehr fürsorglich, hat sich darüber manchmal glatt selbst vergessen…Einmal bin ich von einer abendlichen Sause mit Fremdfick auf dem Nachhauseweg gewesen, als mir die Höchststrafe passierte…Ich hab mich glatt eingekackt, so voll war ich. Eigentlich musste ich nur furzen, dann ist aber jede Menge Land mitgekommen. Ich hab' noch im Busch versucht, mich notdürftig zu säubern, vergebens, die Unterhose hab' ich liegen gelassen, aber ansonsten war nicht mehr viel zu richten, ein sauberer Dünnschiss…Den Bürgersteig hab' ich mit vollen Schlangenlinien genommen und den Schlüssel nicht mehr ins Schloss bekommen. Sabine muss mich gehört haben, jedenfalls hat sie mir geöffnet, wie ich da so vor der Tür saß, mich halb reingeschleppt, ausgezogen, gebadet und ins Bett gebracht. Die hat nie ein Wort darüber verloren. Was für 'n Weib!…«

»Wie war das für sie?«

[Schweigen]

»…Peinlich, aber irgendwie auch schön…«

»Vertraut, partnerschaftlich?«

»Ja.«

»Liebe?«

»Ja.«

[Schweigen]

»Haben sie noch ein anderes Bild für mich?«

»…Mal sehen…Ja, ihr Geburtstag…Ich komme abends aus der Praxis und sage hallo, Darling, alles Liebe und Gute zum Geburtstag und gebe ihr einen Kuss auf die Wange, sie, danke, Schatz, und hast du mir wieder etwas Schönes gekauft?, ich, na klar, Darling, hatte ich, aber weil du heute Mittag nicht ans Telefon gegangen bist, hab' ich mich geärgert, es ins Klo geschmissen und runtergespült, sie, echt?, aber, aber, Schatz, es ist doch Mittwoch, da gehe ich doch immer zum Friseur und zur

Maniküre, zu Bodo und Birgit, schon seit Jahren, das weißt du doch, hast du das denn vergessen?, und fängt mit 'm Heulen an, ich, aber, aber, Darling, nun wein' doch nicht, sei doch nicht traurig, das war doch alles nur ein Spaß!, guck mal, guck mal, hier ist es doch, hier ist es doch, dein Geschenk...«
[Schweigen]
»Wie war diese Situation für sie?«
»Erst lustig, dann scheiße, die Sabine hat sich danach öfter nicht mehr eingekriegt, war traurig.«
»Fühlten sie sich mit ihrem Humor gut bei ihrer Frau aufgehoben?«
»Nein.«
»Warum sind sie bei ihrem Humor gegenüber Sabine geblieben?«
»Gehört zu mir. Wir müssen uns doch dafür lieben, wer wir sind und nicht, wer wir für andere sein sollen.«
»Müssen?«
»Nein, sollten...«
»Okay.«
[Schweigen]
»Ich konnte nicht mehr...Sie aber auch nicht.«
»Was meinen sie?«
»Das Ende, The End, Fin, aus!...«
»Hat Sabine das jemals gesagt?«
»Nein.«
»Haben sie Sabine jemals gefragt?«
»Nein...Das spürt man doch!...Ich war mit der Dokorunde auf 'm Wochenendtrip auf 'm platten Land in so 'nem alten, heruntergekommenen Jagdschloss von irgendso 'nem Arschgesicht von hutzeligem Landadeligen, der noch von gestern war und sich und seine Restwürde mit Zimmervermietungen über Wasser hielt...Abends waren wir in der einzigen Dorfkneipe und haben auf Touristenattraktion gemacht, die die Einheimischen, zumindest die männlichen, offensichtlich zum Kotzen fand. Da war es proppevoll mit sonderlichen Eingeborenen, so wie in

einem vergessenen Tal in der Schweiz. Bernd und die Anderen gruben bereits die Saftschleppen und heruntergekommenen Solodorfperlen an. Am Tresen saßen die üblichen Trinker ohne Hoffnung, aber voller Bier, Schnaps und Zynismus…Irgendwie, irgendwas machte knack in mir, da brach etwas…Ich trat aus der Situation, dem Trubel, dem gegenseitigen Schulterklopfen heraus, stand völlig neben mir wie in einer Nebelwand, die die Konturen verschwimmen lässt, alles kam mir wie ein Film vor, in dem ich nicht länger mitspielen wollte, aber schon viel zu lange eine Hauptrolle hatte…Ich besah mir meine Freunde, die außer Bernd sowieso keine waren, mein ganzes Leben, mein Haus, die Sabine, meine kaputte Ehe, die Kinder, die Praxis, die ganzen Muschis und Fotzen in all ihren Formen und Farben, die blanken Wüsten, behaarten Teppiche, gepflegt bis stinkend, Dreck und Anhaftungen in Riesenbüschen, die man mit einer Forke hätte durchpflügen müssen, um durch den Urwald durchzukommen, all' diese Gerüche, die schamhaften, verschreckten bis hin zu den Weibern, die schamlos die Beine spreizen…Ekelhaft, mir läuft grad ein Schauer den Rücken rauf und runter…Bah…Das ganze Kartenhaus brach ein, einfach so, ohne Warnung, Sirene, ich musste würgen, lief los und kotzte auf 'm Klo voll auf die Bodenfliesen…Als ich zurückkam, war mir bereits alles egal geworden. Ich fühlte mich plötzlich unglaublich stark, frei, eine Last war von meinen Schultern genommen…Ich hatte mich im wahrsten Sinne ausgekotzt, ging an die Theke, bestellte ein Pils, einen Kurzen, eine Zigarre. Ich wusste, dass ich ab jetzt nur noch rauchen, saufen und rumhuren würde, dass ich mit allem Schluss machen würde. Ich musste raus aus all' dem Scheiß…Das war der Anfang vom Ende.«
[Schweigen]
»Oder der Beginn eines Anfangs.«
»Was?«

»Wahrscheinlich haben sie das Ende eines Abschnittes gespürt und die Tür zu einem neuen aufgestoßen.«
»Ach ja, ach ja, Hirnguckerin?«
»Wahrscheinlich wären sie krank geworden, hätten sie ihr Leben nicht verändert.«
[Schweigen]
»Ich war schon immer zu schwach, Menschen fortzuschicken. Wahrscheinlich bin ich deswegen gegangen.«
»Es kommt für uns alle eine Zeit, in der uns nichts Anderes übrig bleibt, als den eigenen Weg zu gehen, auch wenn wir dabei Menschen zurücklassen müssen. Auf dem Weg werden wir Andere treffen.«
[Schweigen]
»Ich mach' für heute Schluss.«
»Die Stunde ist ohnehin vorüber, Herr Schmidt.«
»Tschüss, Nicole.«
»Viel Erfolg auf ihrem Weg. Machen sie es gut.«
»Ach, Nicole…«

Kapitel 25 - 3. KW, Donnerstag, 13.01 Uhr

»Guten Tag, Herr Schmidt.«
»Hallo, Nicole.«
»Der Vollbart steht ihnen.«
»…Hat 'nen anderen Grund…«
»Welchen?«
»Was?«
»Warum lassen sie sich einen Vollbart stehen?«
»Das hatten wir doch letztes Mal. Schau in dein Buch.«
»Fühlt sich alles nach wie vor anstrengend für sie an?«
[Schweigen]
»Ja.«
»Möchten sie heute über etwas Bestimmtes mit mir reden?«
[Schweigen]
»Ich tauge nichts…«
[Schweigen]
»Können sie das näher erläutern?«
»Was gibt 's denn da zu erläutern?«
»Wie kommen sie zu dieser Aussage, gibt es einen konkreten Auslöser?«
»Ich tauge eben zu nichts, war schon immer so, wird immer so bleiben…Dann diese böse Pille…«
»Böse Pille?«
»Mensch, Nicole, deine ewigen Wiederholungen machen mich noch irre.«
»Das hoffe ich nicht.«
»Was?«
»Dass sie irre werden.«
»Spaßvogel…Gestern Morgen dachte ich das wirklich.«
»Was ist geschehen?«
»Mittags wurde ich beim leicht verkaterten Aufwachen von der Wintersonne wach geküsst. Keine Wolke war am Himmel, lupenreines blau. Ich setze mich ans Fenster, mache ein Pilsator auf und schaue raus auf die Straße…Und da waren sie…«

»Wer war da?«
»Gestalten, ganz in schwarz, egal, wohin ich geguckt habe, ich bin sie nicht mehr losgeworden. Die zuckten hin und her, verschwanden, tauchten wieder auf. Ich dachte, dass mich die Paranoia vollends im Griff hat, die Steuerfahndung oder sonst jemand mich am Arsch kriegen will. Ich mach' die Augen zu, auf, zu, auf, sie waren weg, da, weg, da, veränderten ständig ihre Form und blieben doch irgendwie gleich...Voll der Horror. So 'ne abgefahrene Scheiße. Ich fahr' noch voll ab...«
»Was haben sie gemacht?«
»Ins Bett, Decke bis über die Augen...Hab' versucht, mich zu beruhigen. Unmöglich. Traute mich nicht mehr aufzustehen, rauszuschauen...Dann dachte ich, wenn sie dich jetzt am Arsch haben, dann ist das so, dann ist es auch egal. Klär das, geh raus, stell dich den Arschkrampen. Bring es hinter Dich! Du kannst nicht ewig abhauen. Hatte voll Gangstergedanken. Also nach einem Schluck Pilsator stieg ich schwups in die Schuhe, warf mir schnell den Mantel über den Pyjama und ging nach unten auf die Straße. Ich wartete darauf, dass mein Alabasterkörper zu Boden geworfen wird, meine Hände fies auf den Rücken gedreht werden, warte eigentlich nur noch auf das Klicken der Handschellen...«
»Und?«
»Nichts!...Nichts passiert, gar nichts, so eine Scheiße, fast war ich schon enttäuscht, dann wäre es endlich vorbei gewesen, aber egal...Ich schaue mich um, konzentriere mich und merke, dass die Gestalten nur da sind, wenn ich ins Helle gucke, vor dunklem Hintergrund verschwinden sie, vor hellem tauchen sie wieder auf. Ich schieb' voll Paranoia, denk', dass der Wahn nun die Oberhand erlangt hat, seine Klauen mein, kleines zitterndes Herz fest im Griff haben, mir aus Rache Visionen geschickt werden, ich nun zahlen muss, es bald hinter mir hab'.«
»Sehen die Gestalten aus wie tanzende Mücken?«

»Was?«
»Ob die Gestalten aussehen wie ein Schwarm tanzender Mücken?«
»Ja, hol mich doch der…Auf was willst 'n raus, Kopfdoktor?«
»Ich hatte ein ähnliches Phänomen. Mein Freund ist Augenarzt. Das, was sie beschreiben, dürften Glaskörpertrübungen ihres oder ihrer Augen sein. Die werden auch tanzende Mücken genannt. Ich habe ähnliche Symptome.«
»Oho, oho, Nicolchen, du erzählst etwas von dir. Dein Freund ist also Augenarzt?«
»Ja. Nennen sie mich nicht Nicolchen.«
»Ist das der Knilch auf dem Foto da?«
»Das ist mein Lebenspartner.«
»Lebenspartner, schön ausgedrückt. Sein oder ihr Kind auf 'm Bild?«
»Seins.«
»Wie alt?«
»Sieben.«
»Eigene Kinder?«
»Herr Schmidt, das reicht, mehr möchte ich ihnen aus meinem Privatleben nicht erzählen.«
»Immerhin, Nicole, immerhin…Unverheiratet, kinderlos, Mitte Dreißig, gerade selbständig gemacht, die Praxis vom Papa übernommen, also Ostberlinerin…«
»Woher wissen sie von dem Vorbesitzer?«
»Dumdidumdidum, ich plaudere nicht rum, dass die Radow, die Radow…«
[Schweigen]
»Nun schau doch nich' gleich wieder so streng, Kopfdoktorchen. Musst dich nich' ärgern, dass du auch mal etwas preisgegeben hast. Zug um Zug. Jetzt geht 's mir gleich etwas besser.«
»Das freut mich für sie.«
»…Kann man was gegen die tanzenden Mücken machen?«

»Mein Lebenspartner sagt nein.«
»Wo kommen die auf einmal her?«
»Das kann ich nicht sagen, vielleicht haben sie sie vorher nicht bemerkt?«
»Hmh.«
» Wenn sie eine kompetente Diagnose wünschen, sollten sie sich untersuchen lassen.«
»Von ihrem, äh, Lebenspartner?«
»Auf keinen Fall.«
»Hmh.«
[Schweigen]
»Was meinten sie vorhin mit böser Pille?«
»Na ja, ich dachte auch, dass ich vielleicht Hallus von der bösen Pille bekommen hatte, das mit den Mücken verstehste?.«
»Was ist denn eine böse Pille?«
»Mensch, Doktor, Drogen, hallo, Drogenalarm!«
»Sie haben wieder Drogen genommen?«
»Na ja, ja…Am Abend vor dem Scheiß mit den Mücken war ich im Bushido…Das ist so 'n neuer Asiadreck in Potsdam, direkt am Wasser mit Blick auf 'n Wannsee. Da iss aalet schön, besonders schön teuer, alle rennen da hin, weil es hipp ist und alle Arschgeigen dazu gehören wollen, zwei Stockwerke, aalet in schwarz, inklusive Asiakellner und Saftschleppen, überall Halbdunkel, zur Karte bekommt man eine kleine Taschenlampe gereicht. Der Carsten wollte unbedingt dahin. In der S-Bahn haben wir eine Pille eingeworfen. Carsten meinte noch, dass die vielleicht etwas böse sind…«
»Was für Pillen waren das?«
»Keine Ahnung, ich hab' Carsten nicht gefragt, war mir auch egal an dem Tag…Jedenfalls haben die mich da schön verarscht oder die Pille, na ja, wir sitzen doch auf der beheizten Terrasse mit Decken und so. Ich bestelle flugs ein, zwei, dann noch ein Sapporo, das ist dieses japanische Drecksbier, was aber gar nicht mal schlecht schmeckt, und die kleinen Kellnerschwuchteln bringen

einfach nichts nach. Ich beiß grad schon wie ein Weltmeister auf den Garnelen in Teigmantel rum, hab' voll den Durst, aber die bringen trotz Beschwerde einfach nix nach. Da kommt doch die Obersaftschleppe angetrabt und fragt mich in allerfeinstem Fidschideutsch, ob etwas nicht zu meiner Zufriedenheit ausfiele, natürlich nicht so elaboriert. Da hab' ich sie gleich ordentlich Maß genommen und ihr 'ne klare Ansage wegen des beschissenen Service vor den Latz geknallt. Die Leute haben schon pikiert gekuckt. So 'ne Proleten will man da schließlich nicht haben. Da hebt die Olle doch die beiden leeren Flaschen an und, Nicole, du wirst das nicht glauben, die waren voll, tatsächlich voll, randvoll. Da haben mich die kleinen Dreckskerle doch voll verarscht und unbemerkt die Flaschen ausgetauscht. Ich hab' keinen Schimmer, wie die das angestellt haben, Carsten auch nich'. Vielleicht ham die' ne Angel vom Dach benutzt, oder es saß die ganze Zeit ein Fidschi unter unserem Tisch und hat nur mit der Hand nach oben gelangt. Scheiße, Mann, was für 'ne Scheiße...Vielleicht war auch die Pille böse.«
»Was meinen sie denn mit böse?«
»...Na, dreckige Pillen eben, unsaubere, da sind dann noch Stoffe drin, die da eigentlich nicht rein gehören...«
»Haben sie sich bei der Dame entschuldigt?«
»Nee, nee...«
»Wieso nicht?«
»War nich' nötig.«
»Sie wissen doch gar nicht, wie das Personal sich gefühlt hat.«
»...Da hätten sich ja auch hunderte Mösen bei mir entschuldigen müssen....«
»Sie neutralisieren.«
»Ich nenn' es überleben.«
[Schweigen]
»Haben sie etwas gegen Asiaten?«
»Quatsch, wie kommste denn da drauf?«
»Ich empfinde ihre Ausdrucksweise als abfällig.«

»Nee, nee, das Thema hatten wir doch schon, die Fidschis sind ganz in Ordnung. Das sind doch die heutigen, wahren Deutschen, fleißig, arbeitsam, funktionieren, halten die Fresse und so.«
[Schweigen]
»Warum haben sie wieder illegale Drogen genommen, warum war ihnen an diesem Tag alles egal?«
»Ich hab' nich' gesagt, dass alles egal war...Es war mir irgendwie mit der Pille egal...Hatte schon lang nich' mehr...Und am Dienstag ging 's mir gar nich' gut...«
»Warum?«
»Ich, ich war irgendwie traurig, na ja, ein bisschen zumindest...Ich sehe so gern Flugzeugen beim Starten und Landen zu. Mittags habe ich mich in ein Taxi gesetzt und bin nach Tegel gefahren. Das mache ich öfter, meistens sitze ich dann auf der Besucherterrasse, trinke ein Glas Wein und beobachte die Flugzeuge. Im Winter ist das zwar nicht so gemütlich, aber was soll 's, die Flugzeuge sind da...Es hat schon während der Fahrt angefangen...Totales Kopfkino...Ich sehe den Taxifahrer an und denke, dass zwei Menschen für kurze Zeit ein und dasselbe Ziel haben, zufällig und doch nicht zufällig, weil der eine eben Taxifahrer ist, dann trennen sich beide Wege in unbekannte Richtungen. Während der Zeit sind beide mit sich beschäftigt, ihrem Leben, dem Leben vor und nach der Fahrt, maximal wird die Zeit durch unbedeutende Plaudereien überbrückt. Auseinander, zusammen, auseinander, unweigerlich, unaufhörlich, an jedem Tag, an fast allen Orten. Unbedeutend...Im Flughafen gehe ich an den Warteschlangen vor den Terminals vorbei. Die Menschen stehen hintereinander und können miteinander nichts anfangen, so ist das auch auf dem U-Bahnsteig, vor der Fleischertheke, beim Bäcker, Arzt, auf dem Bürgeramt, der Zulassungsstelle. Sie können nichts mit der Situation, sich, vor allem mit den Anderen anfangen. Man wartet in latenter Aggressivität, keiner darf bevorzugt werden, jeder beäugt argwöhnisch sein Um-

feld, ist Wächter der allumfassenden Gerechtigkeit, zumindest was ihn selbst anbelangt, ein Funke reicht, er entzündet sich, und die Scheiße explodiert, es kommt zu Schlägereien, Massenschlägereien, Mord und Totschlag, für nichts außer der eigenen Unzulänglichkeit. Menschen schlagen sich die Köpfe ein, die meisten weichen zurück, einige echauffieren sich, die meisten verschließen die Augen, wollen natürlich auch hinterher nichts gesehen haben, kaum einer greift ein…Ich sitze auf einen Kaffee im Marché, es kommt zu einer Bildstörung. Jemand geht durchs Bild, der dort nicht hingehört. Ich bin irritiert. Er hat sein Bestes gegeben, versucht sich anzupassen, zu tarnen, zu den Anderen zu gehören, nicht aufzufallen, sticht dadurch aber besonders hervor und nimmt seine Rolle ungewollt wieder ein. Scheinbar belanglos schlendert der Mann durch die Gänge, stellt sich neben die Abfalleimer, in einem scheinbar unbemerkten Moment greift er zu…Er ist ein Flaschensammler…Ein Flaschensammler in Tegel? Da kommt man nicht ohne Weiteres hin. Ist die Armut so groß, der Konkurrenzdruck in der Stadt so hoch geworden, gibt es bereits eine Mafia, die Einsammelorte verhökert, Schutzgeld erpresst?…Die Flugzeuge kamen mir am Dienstag traurig vor…«
»Warum kamen ihnen diese Gedanken?«
»Weiß ich nich', sag' Du es mir, Doc!«
[Schweigen]
»In ihnen wurden in letzter Zeit viele Dinge angestoßen, insbesondere Erinnerungen und Gefühle. Es wurde etwas los getreten, was nun in ihnen arbeitet. Sie sind mitten in einem Prozess, der sie gedanklich und emotional auf eine andere Ebene führen wird und sie dabei in vielerlei Richtung öffnet. Das Alte in ihnen bittet sie stehenzubleiben, das Neue weiterzugehen. Wir denken so oft alte Gedanken. Sie stehen an einer Schwelle.«
»An welcher?«
»Das weiß ich nicht, das werden sie herausfinden. Ihre Antworten, ihre Wahrheiten sind bereits in ihnen und

sprechen zu ihnen, sie müssen nur zuhören, zuhören wollen.«
[Schweigen]
»Warum denken oder fühlen sie, dass sie nichts taugen?«
[Schweigen]
»Ich hab' irgendwie 'nen Katzenjammer...«
»Können sie den an etwas Bestimmtem fest machen, einen Auslöser benennen?«
»...Ja, nein, ach, ich weiß nich'...«
»Was geht in dieser Katzenjammerstimmung in ihnen vor?«
»Alles ist so grau, so sinnlos, ich tauge eben nichts...«
»Eine Art Gemütsverstimmung nach einem Alkoholrausch wird im Volksmund als Katzenjammer bezeichnet. Meinen sie einen Kater, also eher etwas Körperliches?«
»Nee, dann hätt' ich den ja ständig. Es vergeht kaum ein Tag ohne einen, zumindest leichten Kater...«
»Was verbinden sie mit dem Wort Taugenichts?«
»...Ist wohl ein Schimpfwort...Das hat mein Vater oft zu mir gesagt...Dass ich nichts tauge, ein Nichtsnutz, Tunichtgut bin.«
»Trotz Abitur und Studium?«
»Der hat immer was gefunden, dass er mit Scheiße bespritzen konnte...«
»Können sie mir ein Beispiel geben?«
»Der alte Giftspritzer war ja vom Bau und hatte in der Garage eine eigene Werkstatt mit ganz viel Werkzeug. Wenn ich ihm zur Hand gehen sollte, hatte er schon vorher immer gesagt, dass ich es ohnehin vermasseln würde, ich zu schwach, zu linkisch, zu doof sei...Als ich aufs Gymnasium kam, sagte er zu meiner Mutter, dass die heute auch jeden drauf geh 'n lassen, zu seiner Zeit wär' das anders gewesen...So lief das mit meinem Vater immer ab.«
»Haben sie von Seiten ihres Vaters Lob und Anerkennung bekommen?«

»Nein.«
»Von ihrer Mutter?«
»Nein.«
»Fühlen sie sich wertlos?«
[Schweigen]
»Eine Zeit lang nicht...Ich war schon stolz, als ich Abitur auf einem humanistischem Gymnasium machte, einen Studienplatz in Göttingen bekam, deine Namenskollegin Nicole mich zum Mann gefickt hat...Auch die Zeit im Krankenhaus war ganz ordentlich, das mit Sabine ließ sich auch gut an, eigene Praxis, eigenes Haus, die Geburt der Kinder, das war schon nicht schlecht, aber irgendwie hab' ich alles vermurkst...Wahrscheinlich hatte mein Alter Recht...«
»Inwiefern?«
»Dass ich nichts tauge.«
»Das denke ich nicht. Vielmehr haben sie die Geister, die ihr Vater rief, willkommen geheißen.«
[Schweigen]
»Was soll ich tun?«
»Schicken sie sie weg!«
»Was?«
»Legen sie die Projektion ihres Vaters ab. Er hatte unrecht und ihnen Unrecht angetan. Lösen sie sich von seinen Äußerungen, finden sie Wertmaßstäbe, die ihnen gerecht werden.«
»Wieso hatte er Unrecht?«
»Er konnte ihnen seine Liebe nicht zeigen.«
»Der hat niemanden geliebt...«
»Doch bestimmt, insbesondere seinen eigenen Sohn, sie. Wahrscheinlich konnte er seine Liebe und Anerkennung nur nicht zeigen. Vielleicht hatte er das selbst nicht erlebt, nicht kennen gelernt. Vielleicht dachte er, er müsste sie hart machen, auf das Leben vorbereiten. Auf dem Bau geht es ganz schön ruppig zu. Das war seine Erlebniswelt.«
[Schweigen]

»Sind sie noch aufnahmefähig?«
»Was?«
»Ich möchte ihnen noch etwas sagen, wenn sie es hören wollen.«
»Immerzu, immerzu, Doc.«
»Ihre Gedanken und Gefühle um den Taugenichts sind für mich Gewissensqualen, Reuegefühle, denen sie sich aussetzen. Wahrscheinlich zerreißt es sie im wahrsten Sinne des Wortes, dass sie von ihrer Familie getrennt sind. Diese Sehnsucht infolge der Trennung empfinden sie als Versagertum. Wenn sie ihre Emotionen aus einer anderen Perspektive, nämlich als positive Sehnsucht, als Liebe, betrachten, könnten sich die negativen Gefühle wie Nebel auflösen.«
[Schweigen]
»Scheiße, Mann,...Wir haben schon überzogen.«
»Ich würde mich freuen, wenn sie meine Worte sacken ließen und schauen, was das mit ihnen macht.«
»Klar doch, klar doch, Nicole, machet jut.«
»Auf Wiedersehen, Herr Schmidt.«
Krach.
»Würden sie doch einmal die Tür nach solchen Sitzungen leise schließen...«

Kapitel 26 - 4. KW, Dienstag, 16.05 Uhr

[...]
»Ich möchte heute zu einem für mich ganz wesentlichen Baustein ihrer Vergangenheit kommen. Ist Ihnen das recht?«
»Du immer mit deinen Steinen, aber lass hören, lass hören…«
»Okay, sie haben bereits geschildert, dass sie auf einer Wochenendfahrt mit ihrer Doppelkopfrunde eine Art Ermüdungsbruch gespürt, eine Vision hatten. Können sie beschreiben, was letztlich zu ihrem Ausstieg aus Beruf und Familie führte?«
[Schweigen]
»Es gibt da ein Modewort…«
»Möchten sie es benennen?«
»Burnout.«
»Sie haben ein sogenanntes Burnout-Syndrom empfunden?«
»…Ja, sowohl beruflich als auch privat.«
»Ist das ärztlich diagnostiziert worden?«
»Nein.«
[Schweigen]
»Können sie ihr Burnout-Syndrom erläutern?«
»…Nicole, ich war durch, einfach durch, fertig, fertig mit allem und jedem…Emotional und körperlich erschöpft, total erschöpft, alle, empty…Ich konnte all die Mösen nicht mehr sehen. Mein Beruf war nicht länger Berufung, er war zum Job verkommen, letztlich sogar zum Gelderwerb. Ich habe mich nicht länger mit ihm identifiziert, war kein Gott in Weiß mehr, der Lack war ab, alles lag blank…Jeden Tag wieder dahin, immer wieder dahin, die ganzen Weiber, die Mösen, das blöde Geplapper, das gleiche Prozedere, am Wochenende Papierkram, dieser ganze Verwaltungs- und Abrechnungswahnsinn, Papier ohne Ende, ich habe keinen Ausgleich mehr gefunden, auch die ganze Fickerei nebenher hat es nicht mehr geris-

sen, nur noch mehr Kraft gekostet, die ganze Heimlichtuerei, Lügen, gegenseitige Verletzerei…Ich habe zunehmend mehr gesoffen, geraucht, auch wieder gekifft, an Koks hatte ich mich noch nicht rangetraut, kam erst später, nehmen viele Kollegen, wirklich viele, das weißt du wahrscheinlich…Die Sabine wollte aus der Stadtwohnung raus, Haus im Grünen, ab in die Idylle, mehr Platz für die Kinder und so. Letztlich ging es wohl aber auch um Prestige für Frau Doktor. Da hatte mich mein Geseiere von einst eingeholt, geschah mir aber ganz recht, wir zahlen für alles, irgendwann…Wir bauten ein Haus…Ein neues Auto sollte her, bald auch ein Zweitwagen, Sabine wollte unbedingt ein kleines Cabriolet, die Kredite stiegen im gleichen Maße wie mein Alkoholkonsum. Meine Praxis war auch noch nicht abbezahlt. Mein Alter hatte immer auf die Leute geschimpft, die sich alles auf Pump kaufen. Sein Sohn war nun einer dieser verdammten Hurenböcke, wie es ihm manchmal rausgerutscht war. Eigentlich lachhaft, immerhin hat er durch diese Scheißer sein Leben lang Arbeit gehabt, na egal…Je nach Parteienlandschaft Spitzensteuersatz bis zu 53 %, das muss man sich mal vorstellen, da ackert man wie ein Besessener, schafft Arbeitsplätze und muss jeden zweiten Euro an den Fiskus abdrücken…Aber nicht mit mir…Ich habe jahrelang schön auf schwarze Kasse gemacht, hatte einen Dreh gefunden, eine Lücke im System…Vielleicht habe ich es einfach auch kommen sehen und vorgesorgt…Sabine hat immer höhere Ansprüche, Haus, Einrichtung, Autos, Klamotten, Urlaub, tausend Sachen, auf die ein Mann gar nicht kommt, wofür man alles Geld ausgeben kann. Alles musste vom Feinsten und Teuersten sein…Vielleicht hat sie sich auch nur gelangweilt, wusste mit ihrem Tag nichts Anders anzufangen, oder die Sabine wollte etwas Besseres werden, bei ihrer Vita auch kein Wunder. Vielleicht habe ich sie auch zu sehr vernachlässigt, verarscht…Sie hat es bestimmt bemerkt oder zumindest gespürt. Vielleicht war der Kaufrausch ihre Rache an mir oder Verarbeitungsstrategie. Ich weiß es nicht…Diese ganze vermiefte, spießig verpestete, total verlogene Vorstadtidylle. Alle machten auf Saubermann, lästerten und fickten aber doch nur kreuz und quer, dass die Wände wackelten, und der liebe Gott sich Ohren und Augen zuhalten musste. Die Unschuldslämmer warteten brav aber begierig auf die nächste Geburtstagsfeier, um der Nachbarsfrau bei anzüglichen Gesellschaftsspielchen und Tänzen an den Arsch oder die Titten fassen zu können. Die haben sich noch Wochen später einen drauf runter geholt. Die Weiber waren aber auch nicht besser. Dann stand wieder ein Haus der Saubermänner zum Verkauf, haha, weil das Traumpaar sich getrennt hatte. Fremdfickerei! Immer dieselbe Scheiße. Alle sagten oh Gott, oh Gott, die Armen, das haben die nicht verdient, ausgerechnet die, das hätte niemand gedacht, die waren doch immer so glücklich, was soll nur aus denen werden! Bei den Worten lugte die Schadenfreude aber schon mit breitem Grinsen um die Ecke. Ich habe ja auch voll mitgemacht, aber irgendwann ging das alles nicht mehr. Es stand mir bis oben hin. Ich konnte schon meinen eigenen Verwesungsgeruch wahrnehmen, so verfault war es bereits in mir…Alle haben an mir gesaugt, wollten etwas von mir, und ich habe bereitwillig gegeben, ihnen meinen Hals entgegengereckt, in den sie ihre spitzen Vampirzähne rammen konnten, alles Energieräuber, verdammte Energieräuber…Eine Zeit lang habe ich mich dabei auch noch gut gefühlt, beim Eindringen der Zähne ging mir sogar einer ab, dachte ich bin wer, werde gebraucht, ich existiere, bin zu was Nutze…Ist aber alles Scheiße, funktioniert nicht, nicht auf Dauer, es sei denn, du willigst ein, bald nur noch als blutleere Hülle zombiemäßig unterwegs zu sein…Die scheiß Vampire wurden schon ganz nervös und flatterten aufgeregt umher, als sie merkten, dass ich zuletzt nicht mehr ohne Weiteres als Blutbank zur Verfügung stehen wollte, verdammte Aasgeier, verschissene Hurensöhne…Meistens war ich froh, wenn ich den Tag halbwegs überlebt hatte. Meine Batterie war nach der Praxis schon leer, dann kam die Familie samt verpesteter Vorstadtidylle und hat mir den Rest gegeben. Ich habe mich immer mehr betäubt, gesoffen, war schon dankbar dafür, wenn ich mich abends endlich voll laufen lassen konnte, abschalten, vergessen…Letztlich führen wir alle ein Leben für uns allein, jeder muss erst mal für sich klar kommen, statt dessen umgeben wir uns mit tausend Sachen und ziehen sie uns bis zum Anschlag rein, bis zur Oberkante und drüber, aber was dann, wo ist die Luft zum Atmen, wenn die Scheiße überläuft?…Mir wurde schwindlig, manchmal schlecht, ich bekam Kreislaufprobleme, mein Brustkorb fühlte sich schwer, manchmal wie eingeschnürt an, dann raste mein Herz plötzlich, meine Handgelenke und Knie fingen an zu schmerzen, obwohl ich nie Sport getrieben habe, mein Körper begann zu spinnen…«

»Oder wollte ihnen etwas sagen.«

»…Ich kam mir inmitten meiner Familie einsam vor, immer einsamer, das muss man sich mal vorstellen, eine tolle Frau, die Sabine, zwei bezaubernde Töchter, Laura und Lena, und trotzdem diese Leere, diese unbeschreibliche Leere!…Ich hatte immer Angst vor Luxus, wahrscheinlich wegen des Giftspritzers. Mein Alter hat immer auf die verweichlichten Leute niedrigsten Charakters geschimpft und heruntergekuckt, die sich nicht mit ehrlichem Schweiß ihren Tageslohn erarbeiten. Nur Malocher, nur die hätten Charakter…Ich kannte Luxus nicht, mein Alter war noch schlimmer als Dagobert Duck, ich hatte Angst, mich an den Luxus zu gewöhnen, ihn nicht mehr los lassen zu können..«

»Dass sie seiner nicht würdig sind?«

»…Dann habe ich mich von ihm sanft in die Arme nehmen lassen und seine kalte Wärme genossen…Am Ende standen turmhohe Kredite und schlaflose Nächte, Existenzängste…Ich war am Ende, mit allem, total durch.«

[Schweigen]

»Wie ging es weiter?«
»…Der Druck in mir nahm zu…Ich fühlte mich immer hilfloser, wusste nicht mehr, was ich machen sollte. Ich konzentrierte mich darauf, weiter Kohle beiseite zu schaffen, brauchte das Gefühl einer materiellen Sicherheit.«
»Was war das für ein Gefühl?«
»Freiheit.«
»Wie haben sie den Austritt vollzogen?«
»Ich, ich konnte Sabine und den Kindern irgendwann nicht mehr in die Augen sehen, weil ich wusste, dass ich nicht die Kraft hatte, sie fortzuschicken. Ich wusste, dass ich gehen musste und fühlte mich schuldig. Ich habe damals den Verrat deutlich gespürt, dass ich meine Familie im Stich lassen würde…Einfach so…Die unschuldigen Kinder.«
»Haben sie mit irgendjemandem darüber gesprochen?«
»Nein…Das ging nicht. Wenn abtauchen, dann richtig. Keiner durfte wissen, was ich vorhatte, wenn es gelingen sollte.«
»Hätten sie überhaupt jemanden zum Reden gehabt?«
»Nein.«
»Oder haben sie sich nicht getraut, weil ihr Entschluss ins Wanken hätte kommen können?«
»…Vielleicht, aber da war auch niemand.«
»Gerd?«
»Nicht nachdem ich Bettina gefickt hatte.«
[Schweigen]
»Als ich dann genug Geld zusammen hatte, packte ich eine kleine Tasche mit Dingen zusammen, die keinen Rückschluss auf meine Identität zuließen und versteckte sie auf dem Dachboden, für alle Fälle, ich war bereit. An einem Dienstag kam der Moment, einfach so, ohne Ankündigung. Ich war mitten in der Untersuchung, zog meine Finger raus, sah den Latexhandschuh, die Gleitcreme, den Mösensaft, die Möse zwischen den dicken, schwabbeligen Schenkeln, alles fror zu einem Standbild

ein, da war er, der Moment. Ich hörte meine eigene Stimme sagen: Ich kann die Mösen einfach nicht mehr sehen…, zog den Handschuh mit einem »Plopp« aus, ließ ihn zu Boden fallen, stand auf und verließ kommentarlos die Praxis durch das volle Wartezimmer. Ich kann noch heute die erschreckten Gesichter der ollen Frau Schröder, quasi meine letzte Patientin, meiner Arzthelferin Beatrice, die noch die Hand der alten Hypochondervettel hielt, und die Fratzen mit Fragezeichen auf der Stirn im Wartebereich vor mir sehen.
[Schweigen]
Mit Bussen und Bahnen ging es nach Spanien. Über die Grenzen bin ich jeweils getrampt, um Passkontrollen aus dem Weg zu gehen. Natürlich war es risikoreich, ich war hyper nervös, unerfahren in solchen Dingen, aber Schengen sei gedankt. Auf den Inseln habe ich mir einen Pass machen lassen, auf einmal hatte ich eine neue Identität, was einfacher ist, als man denkt, aber der Mensch dahinter bleibt…«
»Wie ging es ihnen in dieser Zeit?«
»Anfangs war es wie ein großes Abenteuer, ein Rausch, die große Freiheit, mit jedem Kilometer fühlte ich mich erleichterter…«
»Und später?«
»Jedes Abenteuer hält nur so lange wie seine ureigenste Spannung… Bald gab es auch in der großen, neuen, unbeschwerten Freiheit einen Alltag. Sonne, Strand, Meer, Bikinis, Bier, Cocktails. Parties verloren an Charme, obwohl ich mich wahrlich nicht beschweren konnte. Am Strand tummelten sich nicht nur braune, knackige, willige Körper, und wenn, wäre es auch langweilig geworden, sondern eben auch verbrannte, betrunkene, schwabbelige, mondkraterförmige Orangenhautmonster…Ich habe alles Mögliche ausprobiert, von dem ich noch nicht einmal wusste, dass es das gibt. Ich bin über jede Grenze des moralischen Vorstadtanstands hinweg getreten. Manchmal wachte ich wie aus einem Traum auf

und wartete vergeblich auf die ernüchternde Realität. Es war aber kein Traum. Ich war mitten drin, im Leben, mein Leben. Mit Spendierhosen unterwegs zu sein, spielt dir eine Menge an urlaubswütigen Menschen zu, die knapp bei Kasse sind. Ich habe wahllos und ziellos gefickt, Drogen genommen...Spanien, ja Spanien, du musst dazu wissen, dass ich bis dahin noch nicht viel gereist war. Meine Eltern waren immer zu geizig, um ins Ausland zu verreisen, Campingurlaub in der Lüneburger Heide war das höchste der Gefühle. In der Schule haben sie mich immer alle ausgelacht. Hässlicher Dorftrottel haben sie mich genannt. Ich war tatsächlich noch nie geflogen, nie im Ausland gewesen, ein Hinterwäldler. Im Studium habe ich dann gelogen, dass sich die Balken bogen. Meine angeblichen Reisen hatte ich aus Urlaubsprospekten zusammengeklaubt. Mit Sabine habe ich mich dann nach Österreich, Südtirol, die Schweiz vorgewagt. Als die Kinder da waren, fuhren wir nach Dänemark. Das war es...Spanien, ja, Spanien, das war immer mein Traum gewesen.«

»Was hat sie an Spanien gereizt?«

»Die Menschen sahen für mich gesünder aus, lachten, nahmen nicht alles so ernst wie in Deutschland, hatten Lebensfreude, waren geselliger. Die Sprache hörte sich gut an. Spanierinnen haben öfter eine tiefere Stimme, die sich irgendwie schön dreckig anhört, im positiven Sinne.«

»Haben sich ihre Vorstellungen und Erlebnisse gedeckt?«

»Im Großen und Ganzen ja...Das erste Mal in meinem Leben bin ich dann mit falschem Pass geflogen, habe mir Madrid, Barcelona und Valencia angeguckt. Ich hatte so die Hosen voll, dass ich dachte, alle müssten meinen Schiss riechen. Beim Abheben wurde mir schummrig, ich bekam kurz ein Gefühl der Hilflosigkeit, des Ausgeliefertseins, der Enge, dann wurde ich für kurze Zeit zum glücklichsten Menschen der Welt und habe die ganze Zeit aus dem Fenster gestarrt...Damit mein Geld länger

reichte, und ich nicht zu matschig in der Birne wurde, habe ich einen Kellnerjob in einem Irish Pub auf den Inseln angenommen.«
»Wo haben sie denn gelebt?«
»Hier und dort.«
»Möchten sie nicht darüber sprechen?«
»…Mein Englisch ist nicht das Schlechteste, etwas Spanisch konnte ich mittlerweile auch, allerdings nur sprechen. Hinter der Bar hat man immer gute Karten, an Weiber ranzukommen. Freikarten für angesagte Clubs hatten wir immer, über Freidrinks konnte ich bis zu einem gewissen Grad selbst entscheiden. Die Weiber ein bisschen mit Kurzen abfüllen, und die Sache läuft, kein Problem. Alles ließ sich gut an. Ich war für meine Verhältnisse braun gebrannt, was meine Akne ein bisschen verschwinden ließ, trug coole Sachen, lebte in den Tag hinein, das Geld reichte, aber vor allem, ich reiste, ich flog, ich war in Spanien…«
[Schweigen]
»Was waren die Schattenseiten?«
»Schattenseiten?…Scheiße, jetzt fange ich auch schon mit dem Wiederholen an…Na ja, wo Sonne ist, ist eben auch Schatten…«
»Was war ihr Schatten?«
»…Manchmal wurde ich melancholisch, wenn ich, ich mit einem schweren Kater aufwachte, krank war, oder ein Urlaubsfick sich mal wieder verabschiedete und davon flog…«
»Haben sie zwischenmenschliche Beziehungen vermisst?«
»Ach, ich hatte schon ein paar Kumpels…«
»Haben sie Liebe vermisst?«
[Schweigen]
»Wärme?«
»…Ja…«
»Was haben sie am meisten vermisst?«
»…Keine Ahnung, hab' möglichst nich' nachgedacht…«

»Ihre Familie?«
»Na, die waren weit, weit weg…Ich habe versucht, auch nicht an die zu denken.«
»Ist ihnen das gelungen?«
»Nein.«
[Schweigen]
»Vermissen sie Sabine und die Kinder?«
»Immer wieder dieselben Fragen…«
»Sie müssen es nicht mir beantworten. Beantworten sie sich die Frage selbst, das reicht.«
»Fährste in den Winterferien weg?«
»Die Praxis ist nächste Woche geschlossen.«
»Ja oder nein?«
»Darüber möchte ich nicht sprechen, Herr Schmidt, die Stunde ist um, ich muss sie jetzt verabschieden.«
»Tschüss, Nicole.«
»Machen sie es gut Herr Schmidt, machen sie es gut.«

Kapitel 27 - 6. KW, Mittwoch, 14.00 Uhr

»Hallo, Herr Schmidt, wie immer pünktlich, fein.«
»Ach, Nicole, hast ja gut Farbe abbekommen. Machste nur auf Apres oder steigste wirklich auf die Bretter? Sportliche Figur haste ja, lange Beine, klasse Taille, alles schön schlank, an der richtigen Stelle...«
»Herr Schmidt, lassen sie das bitte.«
»Bleib doch mal locker, ich fress' dich schon nicht.«
»...Interessant, wie sie das sehen.«
[Schweigen]
»Wie ist es ihnen seit der letzten Sitzung ergangen?«
»Geht so, geht so...Muss ja!«
»Muss?«
»Mann, Nicole, diese ewigen...Egal, hatten wir schon alles...«
[Schweigen]
»Sag mal, glaubst du an ein Totem?«
»Totem? Meinen sie einen persönlichen Schutzgeist oder ein Wesen, von dem man abstammt, also einen Urahn?«
»Immer gleich was parat, das Kopfdokterchen, schön intellektuell, prima Klima in Lima...Also, eher das mit dem Schutzgeist, den Indianern und so...Die ham doch dran geglaubt, dass sie ihren Schutzgeist, ich glaube, das waren hauptsächlich Tiere, irgendwann raus finden müssen, um was über sich selbst und Schutz durch dieses Wesen zu erfahren.«
»Soweit ich weiß glaubten viele nordamerikanische Indianer daran, von einer bestimmten Tierart abzustammen, die deshalb zum religiösen Symbol, zum Totem wurde. Diese wurden Totem- oder Krafttiere genannt. Das Tier stand dem Indianer bei der Jagd, im Kampf, für die Gesundheit und das Ansehen im Stamm zur Seite.
»...Wie findet man sein Totem raus?«
»Träume, Meditation, Rückzug in die Einsamkeit...Es gibt wohl viele Wege.«
»Glaubst du dran?«

[Schweigen]
»…Wenn es so ist, dann bin ich meinem Totem noch nicht begegnet.«
»Weil du es nicht bist oder nicht zugelassen hast?«
»Eine wohl eher akademische Frage.«
»Die dir zu persönlich ist!«
»Vielleicht…Es geht hier aber auch nicht um mich.«
[Schweigen]
»Sind sie ihrem Totem begegnet?«
»…Ich, ich weiß nicht. Ich war beim Carsten inner Platte. Wir ham ein paar Bierdosen geknackt, irgendso 'n Polenbier, den Namen kann kein Mensch aussprechen, außer den Polen natürlich, Carsten hat den ganzen Kühlschrank voll damit, und ordentlich Gras geraucht…Der Carsten steht so auf Technohousemucke, krasses Zeug…Bei irgendso 'nem Lied hat er voll aufgedreht, dass jeden Moment das Einsatzkommando hätte kommen müssen, Ramme, Tür bricht auf, schwarze Gestalten, Taschenlampen, Maschinenpistolen zucken hin und her, wir werden gepackt, brutal auf den Boden gezerrt, unsere Arme auf den Rücken gedreht, dass die Sehnen ächzen, und kriegen Schlafbrillen verpasst, aber nix passiert, die Musik dröhnt weiter, mein Hirn vibriert, meine Organe wackeln, inner Platte geht so was wohl…Eine Frauenstimme sang ständig What's my name? What's my name? What's my name?...Dabei bin ich ganz komisch drauf gekommen. Irgendwie hab' ich meinen Körper verlassen und bin unter die Zimmerdecke diffundiert, so hoch geschwebt und hab' auf mich runter geschaut, wie ich da so als verschisse kleine Nacktamöbe auf 'm Sessel mit Plastikschutzbezug in Carstens Spießerwohnzimmer sitze…Dabei waberten surreale Fragen träge in meinen Geistkopp…Wer bin ich? Wie heiße ich wirklich? Was bin ich? Und so 'n Scheißendreck...«
»Haben sie eine Antwort erhalten?«

»Keine Ahnung, ob das der totale Drogenrausch war, aber, aber ich sah so 'ne verfickte Schildkröte, wie von den Galapagos, im glasklaren Wasser rumtauchen...«
»Haben sie sonst eine Affinität zu Schildkröten?«
»Nee, hab' mit den Scheißviechern nix am Hut.«
»Wieso Scheißviecher?«
»Ach, Nicole, nur so, mein ich doch nich' so, denk' dir nix bei, kritzle aber schön mit, ja krickle nur ordentlich weiter über den bösen Herrn Schmidt in dein verficktes Buch...«
»Was verbinden sie mit Schildkröten?«
»...Wasser, Galapagos, wie gesagt, nix weiter.«
»Also, soweit ich mich erinnere, steht die Schildkröte für Langsamkeit, Stabilität, Ausdauer, Verbund mit den Kräften der Frau, aber auch für Immobilität und Starrsinn...Mehr fällt mir dazu im Moment nicht ein.«
»Woher weißt 'n das? Das gehört doch nicht zum Studium der Psychotanten, die sich doch nur selbst retten wollen!«
»Das soll hier keine Rolle spielen.«
»Frau Doktor beschäftigt sich doch wohl nicht mit Spirischeiße?«
[Schweigen]
»Lösen diese Worte etwas in ihnen aus?«
»Dazu müsste ich mir wohl erst einmal einen Joint reinziehen...«
[Schweigen]
»Wie wäre es damit? Sie haben sich für ihre persönliche Entwicklung Zeit gelassen, Stabilität gesucht und gefunden. Insbesondere ihr Beruf hat sie mit den Kräften der Frauen verbunden. Letztlich waren sie aber zu lange in diesem Stadium, ohne einen neuen Prozess einzuleiten, und stiegen mit Notbremse aus.«
»Wow, die Pille hätte ich auch gern, Frau Doktor. Hallo, hallo, kann mir mal jemand von dem geben, was sich die Süße hier hinter gezwitschert hat? Radow, ich hätt' gern auch davon!«

[Schweigen]
»Ja oder nein, Herr Schmidt?«
»...Herr Lehrer, die Antwort ist ein klares...Jein!«
»Wenn sie nicht reden wollen, ist das völlig in Ordnung für mich. Ich würde mich freuen, wenn sie in Resonanz mit dem Thema gingen und schauten, was das mit ihnen macht.«
»Ja, ja, oh, oh, ah, ah, ja, transzendieren, ich will transzendieren, dann bekomme ich endlich den dritten Dan der tibetanischen Ruhemönche und dann ist alles schön, soooooooo schön, das hat maaaaaaan nich' gesehn, soooooooo schön...«
[Schweigen]
»Herr Schmidt...Für das eigene Totem muss die Person bestimmte Tabus, Regeln respektieren, deren Missachtung schwer bestraft wird. Glauben sie, dass ihnen das passiert ist?«
»Vielleicht hat mir die Schildkröte ein paar Mal gehörig mit seinen Beinen ins Gesicht gepatscht...Bei der Verletzung der zehn Gebote stehe ich wohl in vorderster Front, mich erwischt's zuerst...Ich habe Gott kein Exklusivrecht eingeräumt, geflucht, gelästert, seinen Namen als Egoshooter angerufen, am siebten Tag gearbeitet, den Giftspritzer und Mrs. Luftikus alles andere als geehrt, die Ehe gebrochen, als Kind im Spielzeugladen gestohlen, andere angeschwärzt und nach dem Haus und dem Weib meines Nächsten getrachtet...Immerhin habe ich nicht gemordet bis auf die Flugzeuge auf meiner Windschutzscheibe und ein paar Katzen und Hasen auf der Straße, einmal war's auch 'n räudiger Köter...«
»Würden sie sagen, dass sie ein guter Mensch sind?«
»Nein.«
»Woran machen sie das fest?«
»Die Liste meiner Sünden ist wohl lang...Ich habe wahrscheinlich vielen Menschen wehgetan, viele Leichen auf meinem Weg zurückgelassen, zumindest emotionale, einen blutigen Pfad gezogen...«

»Und sie haben sich durch viele Menschen verletzen lassen. Das ist für mich ein ganz normaler, interaktiver Lebensprozess.«
»Was soll ich denn damit anfangen?«
»Ich werbe dafür, aus den ständigen Bewertungen, Urteilen und Vorwürfen soweit wie möglich auszusteigen.«
»Klingt radikal.«
»Ist es auch, wenn ich die meisten Interaktionen zwischen Menschen betrachte. In erster Linie sollte jeder bei sich bleiben, schauen und danach an sich arbeiten, nicht den Anderen modellieren…Menschen haben sich durch sie verletzen lassen, sie sich durch andere. Normalerweise gehen die Kommunikationspartner sofort in die Wertung und den Vorwurf, in den aber-du-Modus oder knien sich auf die eigene Schuldnerbank nieder, das haben wir nicht anders gelernt.«
»Aha, schönes Psychogelaber bietest du mir hier an…Werd doch mal konkret! Was soll das in meinem Fall heißen?«
»…Akzeptieren sie auch ihre Schwächen, verzeihen sie sich und arbeiten sie an ihnen. Lieben sie sich für ihre Stärken und Schwächen.«
»Wo soll ich den Ablassbrief unterzeichnen? Gleich hier, bei Dir?«
»Eben nicht bei mir oder anderswo. Den können sie nur selbst ausstellen und unterschreiben.«
»Pimper 'ne Rigatoni.«
»Was?«
»Ach, nur so 'ne Redensart von mir.«
»Was meinen sie?«
»Scheiß die Wand an!«
»Können sie das für mich ohne Metapher beschreiben?«
»Alle Achtung.«
»Sie meinten alle Achtung?«
»Sagte ich.«
[Schweigen]
»Sind sie auf Gott böse?«

»Was?«
»Im Allgemeinen gehen wir von einem allmächtigen, allgütigen und allwissenden Gott aus. Es besteht die Frage, wie die Existenz eines solchen Gottes mit der Existenz des Übels oder des Bösen in der Welt vereinbar ist...Sind sie auf Gott böse, Herr Schmidt?«
»Warum sollte ich? Die Theodizeekacke hatten wir doch schon. Sieh mich an, ich bin ein kleiner, abgebrochener, hässlicher Gnom mit einem riesigen Schwanz, der beschisse Eltern zugeteilt bekommen hat und ordentlich gehänselt wurde. Findest du, dass Gott mich mit irdischen Werten reichlich beschenkt hat?«
»Wichtig ist, wie sie das empfinden und letztlich leider auch bewerten.«
»Jetzt will ich aber mal deine Meinung hören und nicht den ganzen bleib-bei-dir-Scheiß! Ich will wissen, wie du mich siehst!«
»...Ich möchte eben nicht, dass sie sich durch Andere definieren, sondern durch sich selbst. Ich werde ihnen keine weitere Nahrung für ihre alten Gedanken und Muster liefern.«
[Schweigen]
»Glauben sie, dass Gott auf sie böse ist?«
»...Wenn es ihn gibt, werd' ich mich vor ihm ganz schön zu verantworten haben, bei der Latte an Fehltritten. Ich rausch gleich nach unten durch und schmore in der Hitze.«
»Sind sie deswegen bei mir?«
»...Das hatten wir schon...«
»Sind sie auf mich böse?«
»Was?«
»Ob sie auf mich böse sind?«
»Wie kommst 'n da drauf?
»Ihr Verhalten empfinde ich manchmal als feindselig, so als ob sie mich als Feind, zumindest als Hiob betrachten.«
»Was?«

»Insbesondere nach Sitzungen, wenn wir dicht bei ihren Gefühlen und Wahrheiten waren.«
»Was iss 'n das für 'n Kack? Selbst wenn, das musst du schon aushalten. Das ist dein Job!«
»Herr Schmidt, ich muss gar nichts, außer Sterben, das hatten wir aber auch schon. Ich möchte sie eben nicht mit meinen Gefühlen und Schwächen konfrontieren, sondern ihr Verhalten, sie professionell spiegeln, mit ihnen zusammen arbeiten, letztlich ihre Lebensqualität verbessern, wie sie es sagen, ihr Geschwür verkleinern.«
»Und, was soll mir das sagen?«
»Ich denke, dass ihnen die Inhalte mancher Sitzungen emotional näher gehen als andere, sie tiefer berühren. Manche Dinge hören sie nicht gern. Es tut ihnen weh, schmerzt oder könnte sie veranlassen, ihr Leben zu verändern, was kaum einer freiwillig tut. Es muss immer erst zu einer Art Notsituation kommen…In der darauf folgenden Sitzung treten sie nach meiner Wahrnehmung oberflächlicher auf, gehen aus ihren Themen, ihren Gefühlen raus, zeigen mir ihren Panzer, ihre wieder hoch gefahrenen Schutzschilde…«
»Aha, und wie tue ich das?«
»Hauptschlich durch die Themen, die sie anschneiden oder vermeiden, die Sprache, die sie wählen.«
»Was ist denn mit meiner Sprache?«
»Einerseits reden sie akademisch eloquent, andererseits im Straßenjargon.«
»Und was ist daran auszusetzen?«
»Herr Schmidt, es ist ihr Leben, es ist ihre Zeit, es ist ihre Chance und ihr Geld, sie müssen wollen, vergegenwärtigen sie sich das immer wieder. Es geht nicht um mich, sondern um sie.«
»Du beantwortest meine Frage nicht. Biste beleidigt? Willste mir aufkündigen?«
»Nein. Ich habe ihre Frage auf meine Weise beantwortet.«
[Schweigen]

»Ich möchte für heute zum Ende kommen, Herr Schmidt.«
»Is mir nur recht, tschüssikowski, Nicole, ich such' dann mal die Schildkröte und den Ablassbrief.«
»Viel Erfolg.«
Knall.
»Frau Radow?...Ja, hallo, ist Herr Schmidt raus?...Okay, sagen sie bitte für morgen die Termine ab...Ja, ja, wird schon gehen, ist bestimmt nichts Schlimmes...Nein, nicht die für Freitag...Danach können sie gehen...Ich gebe ihnen morgen frei, schalten sie den AB an...Ja, ja, gern...Bis Freitag.«

Kapitel 28 - 7. KW, Freitag, 08.55 Uhr

»Oh, hallo, Herr Schmidt, sie sind zu früh dran, ich bin noch gar nicht fertig! Wo ist denn Frau Radow?...Wie sind sie eigentlich hereingekommen?«
»Morgen! Beruhig dich, beruhig dich...Die Tür war offen.«
»Oh, oh, ja, ich hatte sie für Frau Radow angelehnt gelassen. Ist sie noch nicht da?«
»Ich hab' sie nich' gesehn.«
[Schweigen]
»Sind das da deine Klamotten?«
»Ja, ich habe sie nach dem Umziehen noch nicht in den Schrank räumen können. Deswegen liegen sie noch auf ihrem Stuhl. Ich nehme sie gleich weg.«
»Du kommst also gar nicht in deinen Kostümchen hierher, sondern ziehst dich im Büro erst um?«
»Wenn sie das so genau wissen wollen, ja.«
»...Und was ist, wenn hier jemand reinkommt, dich nackt oder nur in deiner sexy Unterwäsche sieht und Böses im Schilde führt?«
»Normalerweise sorgt Frau Radow dafür, dass niemand unplanmäßig mein Büro betritt...Wie kommen sie darauf, dass ich sexy Unterwäsche trage?«
»Ah, das interessiert dich also...Wenn du nicht willst, dass man deine Spitzen-BH's sieht, knöpf deine Bluse nicht so weit auf, wenn du nicht willst, dass man deine Stringtangas wie bei einer 16-Jährigen hinten rausgucken sieht, bück dich nicht vor deinem Karteischrank...«
»Was schauen sie mich denn so an, Herr Schmidt?«
»Einfach nur so, einfach nur so,..., Nicolchen.«
»Ich möchte nicht, dass sie mich so ansehen!«
»Wie schaue ich sie denn an?«
»Als Frau und nicht als ihre Therapeutin.«
»Sie sind eine Frau und dazu noch eine Leckere.«
»Das bereitet mir Unwohlsein.«
»Weil du keine Frau sein willst, noch keine Mutter bist?«

»Herr Schmidt, ich bin ihre Therapeutin, nicht mehr und nicht weniger. Ich möchte nicht Gegenstand etwaiger sexueller Phantasien sein, und dass sie so mit mir reden.«
»Soso, möchtest du also nicht, bist aber immer ganz aufgeregt, wenn ich dir von meinen Fickgeschichten erzähle, vergisst manchmal sogar dein Mitgekrickele…«
»Da irren sie sich.«
»Doc, ach, Doc, du lehrst mich doch, auf meinen Bauch zu hören, und der sagt mir was ganz Anderes!«
»Was?«
»Dass dir wegen meines scheiß Seelenstriptease einer abgeht, Doktorchen.«
[Schweigen]
»Ich nehme erst einmal die Sachen vom Stuhl.«
[…]
»So, setzen sie sich bitte.«
»Thanks.«
»Herr Schmidt, ich möchte das jetzt mit ihnen klären…Wenn sie mehr Frau und weniger Therapeutin in mir sehen, geht die notwendige Distanz verloren, um professionell arbeiten zu können. Können sie das leisten? Ist das für sie in Ordnung?«
»All right, Nicole, all right.«
»Gut, dann haben wir das geklärt.«
»…Was ist, wenn sie mehr in mir sehen als einen Klienten?«
»…Tue ich nicht!«
»All right, Nicole, all right, wenn du dir da so sicher bist.«
»Bin ich!«
[Schweigen]
»Ich hätt' nicht gedacht, dass du zu den Großstadtsurvivalkids gehörst.«
»Wie bitte?«
»Deine Klamotten meine ich, mit denen du hergekommen bist, Jack Wolfskin-Scheiße und Eastpack-Dreck. Gehörst wohl zu den Leuten, die meinen, dass in der

Großstadt bei Plusgraden jeder Zeit polarähnliche Zustände eintreten könnten, man nie genug auf einen Kältesturz vorbereitet sein kann, du gleich in eine Gletscherspalte hineinfällst und drei Tage auf das Rettungsteam samt Unterschicht-TV warten musst, damit du deine drei großen Minuten im Leben hast.«
»Interessant, wie sie das sehen.«
»Ah, dein Standardabwälzspruch.«
»Was haben sie gegen diese Art Bekleidung einzuwenden?«
»…Ihr macht mich krank, ihr Großstädter. Es ist nicht die Kleidung, es sind die Leute. Auf 'm Land, auf 'm Bauernhof, auf 'ner Baustelle tragen die Leute so was nich', die malochende Bevölkerung, die es eher nötig hätte, kann sich die Scheiße nich' leisten, aber ihr Großstädter, ihr Linken, ihr Ökos, ihr Ewigjungen, ihr Betroffenen, ihr Diskutierer zieht euch den Luxuskram bis zum Abwinken rein…Ja, ja, damit seid ihr der Natur in der U-Bahn oder auf dem Beton und Teer der Großstadt näher, da bekommt ihr gleiche eine Brise Freiheit der großen, weiten Welt um die Nase geweht. Da fühlt ihr euch Mutter Erde näher, mit ihr verbunden. Den letzten Wald habt ihr vor vier Jahren, im Geo-Magazin oder auf Phoenix gesehen…Na klar, ihr habt euer Abitur gemacht, studiert, wart immer gegen die globale Umweltzerstörung, habt Greenpeace zu Weihnachten zehn Euro gespendet. Nein, ihr habt alles richtig gemacht und bereitet euch nun auf euren großen Tag, an dem ihr abenteuerlich in den Wald in Brandenburg geht oder in den Survivalurlaub im Schwarzwald fahrt, gewissenhaft, umweltbewusst und strategisch vor. Eure Klamotten wurden mit Sicherheit nicht von Kinderhänden in Asien gemacht, da fühlt man sich doch gleich global bewusster, sich das Gewissen leichter an.«
[Schweigen]
»Was ist ihr Thema?«
»Das ist euer Thema!«

»Alles, was sie sagen, sagt auch etwas über sie.«
»Na, was denn? Lass hören, Nicole.«
»Sagen sie es mir!«
»Ich hab' nix weiter zu sagen. Vielleicht schneidest du dir auch mal etwas von meiner Torte ab?«
»Ich lerne täglich dazu. Da mache ich mir keine Sorgen. Aber was ist ihr Thema, dass sie sich über Andere so echauffieren?«
»Echauffieren, echauffieren, was für 'n tolles Wort für die Jack-Wolfskin-Gemeinde.«
»Warum können sie andere Menschen nicht so lassen, wie sie sind?«
»Warum sollte ich?«
»Insgesamt schüren Lästerei, Meckerei, Werten und Vorurteile die eigene Unzufriedenheit, binden Energien, verschlechtern das Karma. Das erhabene Gefühl oder die trügerische Gemeinschaft verpuffen schnell. Man vergiftet sich auf Dauer selbst.«
»Was?«
»Sie könnten zufriedener sein, wenn sie nicht mit Wertungen und Vorurteilen so oft bei Anderen wären.«
»Ich soll also Allem gegenüber gleichgültig sein?«
»Nein!...Ausgewogenheit zwischen dem Ich und dem eigenen sozialen Wesen ist das Entscheidende und sich die Auseinandersetzungen herauszusuchen, die sie für sich und Andere positiv beeinflussen können. Meckern sie nicht über die Welt, denn es interessiert die Welt nicht. Sie vergiften nur den Brunnen, aus dem sie trinken.«
[Schweigen]
»Warum trägst du die Klamotten?«
»Ich habe noch nicht im Detail darüber nachgedacht.«
»Und was sagt dein Bauch?«
»Die Sachen fühlen sich gut und richtig an. Ich gefalle mir in ihnen. Sie sind ein guter Kontrast zur formellen Kleidung und ja, vielleicht fühle ich mich der Mutter Erde durch sie etwas näher.«

»Aha, aha, ich möchte, dass du das mal sacken lässt und damit in Resonanz gehst!«
»Herr Schmidt!!!«
»Ja, ja, schon gut, schon gut, Nicole...Ich wollte nur mal, dass du siehst, wie sich das so anfühlt.«
»Das weiß ich bereits. Ein guter Therapeut lässt sich selbst coachen.«
»Ein guter? Das war doch wohl kein Selbstlob?«
»Wollen sie jetzt mit mir spielen, Herr Schmidt?«
»Nich' gleich so empfindlich, Doc.«
»Überlassen sie meine Gefühle bitte mir.«
»Das bringt uns nicht weiter.«
»Sehe ich auch so, Herr Schmidt.«
[Schweigen]
»Wo wir gerade beim Thema sind, welches Bild haben sie von den Menschen um sie herum?«
»Was mein Menschenbild ist?...Ich lese gerade einen Roman, in dem eine Lucinda bei einer Nörgelhotline in L.A. arbeitet. Abgefahrene Scheiße!...Mensch, das ist doch auch eine prima Geschäftsidee hier in Berlin für dich, Alter!, dachte ich mir. Der Carsten findet die auch prima und wollte gleich mitmachen. Ich könnte ihn als Strohmann einsetzen, da ich ja selber nicht offen auftreten kann, die Behörden und so, verstehste? Der falsche Pass ist mir zu riskant.«
»Was hat das mit ihrem Menschenbild zu tun?«
»Warte, warte doch einfach ab, Nicole, kannst du doch sonst auch ganz gut, was iss 'n los mit dir?...Na egal, also ich würde Nutten anstellen, die kennen sich doch mit Menschen aus, können zuhören, quatschen ohne Ende, haben alles Miese schon gesehen, müssen allen möglichen Scheiß aushalten, das wär' doch wie im Sanatorium, Ferienlager, bei mir könnten sie zwar nicht so viel verdienen, aber sie wären vom Strich runter, Edelhuren krieg' ich natürlich nicht, aber zumindest die abgetakelten Huren, die drogensüchtigen, die eh kaum noch einer will, deren Haltbarkeitsdatum abläuft, und biete denen

eine Zukunftsperspektive...Letztlich könnten alle davon profitieren, die Nutten, Carsten, ich und natürlich die Nörgler, um die geht es ja. Und da wären wir beim Thema. Warum würde so was in Deutschland laufen? Weil wir kein Volk der Dichter und Denker mehr sind, sondern der Haderer und Zauderer, der Selbstzweifler und Selbstzerfleischer, der alles-bis-zum-geht-nicht-mehr-Diskutierer. Wenn man in Deutschland etwas laut sagt, was nicht zuvor durch zehn Kommunikationspäbste und Medienanwälte rund gelutscht worden ist, melden sich gleich hundert Interessenverbände, von denen noch nie jemand gehört hat und nehmen dich auseinander, die Medien fallen wie Heuschrecken über dich her, achtzig gelangweilte Rentner zeigen dich bei der Polente an und Unterschicht-TV hat endlich eine neues Nachmittagsthema...Also, man mietet die Räume eines gescheiterten Call Centers, was auch nichts Anderes als ein produktbezogenes Nörgeltelefon war, an und setzt die Nutten da rein. Schwupps wird ein Kontrakt mit einem Telefonanbieter über eine kostenpflichtige Hotline unter Dach und Fach gebracht, das war's fast schon. Die Nutten kriegen eine Kurzbesohlung und schriftliche Tipps an den Arbeitsplatz, wie man Gespräche in die Länge zieht. Natürlich wird am Anfang der Telefonate darauf hingewiesen, dass kein therapeutisches Ziel, alleiniges Zuhören ausgenommen, verfolgt wird. Ich will ja keinen Ärger mit euch oder den Rechtsverdrehern. Damit es funktioniert, muss vorher die Werbetrommel ordentlich gerührt werden. Das ist das einzige Risiko. Ansonsten gibt es in diesem Land so viele Nörgler, dass es einfach laufen muss!«
[Schweigen]
»Mensch, Herr Schmidt, so begeistert habe ich sie noch nie reden hören...Versuchen sie es.«
»Ich denke wirklich darüber nach...Das Startkapital habe ich ja.«
[Schweigen]
»Machen sie es, wenn es sich gut für sie anfühlt.«

»Ich habe meine Fühler schon ausgestreckt. In Neukölln käme ich in der Sonnenallee billig an ein Call Center ran. Carsten kennt sämtliche Nutten von der Kurfürstenstraße...Das kann laufen, ja, kann es...«
»Wir müssen für heute zum Ende kommen, Herr Schmidt.«
»Ja, ja, klar, bis nächste Woche, Nicole.«
»Auf Wiedersehen, Herr Schmidt.«
»Nicole.«
»Ja, bitte?«
»Du dürftest kostenfrei anrufen! Hahaha.«
»Oh, Mann, Herr Schmidt.«

Kapitel 29 - 10. KW, Freitag, 13.01 Uhr

»Oh, Herr Schmidt, was ist denn mit ihnen passiert?«
»Musst du das so direkt ansprechen?...Ich weiß doch, wie scheiße ich aussehe.«
»Herpes?«
»Verdammt noch mal, Nicole...Ja...«
»Was ist passiert?«
»Gott, die Natur, die Weiber oder ich...Wir alle zusammen haben mich bestraft...«
»Was?«
»Du warst auch schon höflicher.«
»Okay, also wie bitte?«
»Ich hab' voll ins Klo gegriffen, mich wieder einmal voll daneben benommen, war echt neben der Kappe...Warum muss so 'ne Scheiße immer wieder mir passieren? Aber ich bin wahrscheinlich selbst schuld, ich lerne es einfach nicht...«
»Möchten sie darüber reden?«
»Scheiße, Mann, das mit dem Nörgeltelefon läuft prima. Wir sind zwar noch nicht online, aber die Vorbereitungen lassen sich gut an. Kaum ein Murks bisher. Der Mietvertrag für das kleine Call Center ist praktisch unterschrieben, Carsten hat mit der Akquise der Nutten begonnen, drei sind schon an Bord. Zur Feier des Tages sind wir zu fünft ins Alt-Berlin, um die Sache zu begießen. Dort wartete bereits Tessa auf mich, das ist so 'ne Tante aus 'm Bezirksamt, einfach, leicht zu beeindrucken, aber wirklich nett, irgendwie viel versprechend, trinkt auch gern mal einen, hört zu, quatscht nicht so 'ne Scheiße, lästert kaum, denkt positiv, echt ein goldiges Ding. Wir kippen uns also nun zu sechst ordentlich einen hinter, das ganze Alt-Berlin ist wegen der Nutten schön völlig aus dem Häuschen, den Kerlen fallen die Augen aus, die Zungen hängen raus, der Speichel trieft, die Beulen im Hosenlatz schwellen an, ich krieg' Spendierlaune, geb' eine Runde nach der anderen aus, alle sind schon total voll, Tessa

hängt in meinem Arm, die Musik wird aufgerissen, ein Kurzer nach dem anderem rinnt die Kehlen runter, die Nutten tanzen, die Kerle sabbern weiter, alles ist schön, als Sarah reinkommt, die verdammte Nutte, also die ist keine Nutte, ist mir nur so rausgerutscht…Sarah grabe ich schon seit Monaten erfolglos an. Ich Idiot pfeife also wie eine Scudrakete ab und direkt in ihre Arme. Irgendwie muss ich es in meinem Alkoholwahn fertig gebracht haben, ich scheiß besoffenes Miststück, mit Sarah abzuzwitschern und Tessa einfach inmitten der Nutten und geilen Böcke stehen zu lassen…Am nächsten Morgen wache ich mit einem riesigen Kater total überrascht neben Tessa auf und muss gleich aufs Klo kotzen, schöne Altbauwohnung, muss man ihr lassen, na egal, ich komm' zurückgeschlingert und lege mich neben Tessa, weil die Welt sich immer noch dreht…Ich versuch', die Fragmente des Abends zusammenzufügen, vergeblich. Filmriss. Mein Handy zeigt einundzwanzig Anrufe in Abwesenheit, neunzehn von Tessa, zwei von Carsten…Ich denke, okay die Sache ist nicht mehr zu heilen, Tessa war mal, also ran an Sarah und schaue in ihr unschuldiges, schlafendes Gesicht. Mir wird gleich wieder kotzig, als ich den riesigen Flatschen an ihrer Lippe sehe, ein Monsterteil, das ich wahrscheinlich in der Nacht genüsslich ausgesaugt hatte. Igittigitt. Realherpes. Das war's. Nun hatten Sarah und ich etwas, das uns für immer verbinden und entzweien wird…So 'n Scheißendreck, ich kann die nie wieder knutschen, echt ekelhaft…«
[Schweigen]
»Sind sie vor der Nähe, ihren Gefühlen zu Tessa geflüchtet?«
»Was?«
»Sind sie mit Sarah fort gegangen, um ihre Beziehung zu Tessa zu beenden?«
»Darüber muss ich erst mal nachdenken…«
[Schweigen]

»Soll ich ihnen etwas verschreiben?«
»…Gern…«
[…]
»Hier bitte.«
»Danke.«
[Schweigen]
»Wie geht es ihrem eigentlichen Geschwür?«
»Fühlt sich besser an.«
»Was heißt das für sie?«
»Leichter, ich spür' es nicht mehr tagein, tagaus.«
»Das freut mich.«
[Schweigen]
»Was wünschen sie sich, Herr Schmidt?«
»Geld.«
»Was? Sie wünschen sich Geld?«
»Ich hätt' gern viel Geld…Nicht so, wie du bestimmt denkst!«
»Sie wissen doch gar nicht, was ich denke.«
»…Um Anderen eine Freude zu machen…Hört sich vielleicht spacig an, ich mein 's aber nicht so samaritermäßig als Weltenretter, sondern eher so im Kleinen, dosiert dem einen oder anderen mal eine Freude machen…Ich glaub auch nicht mehr, dass ich mir Leute kaufen oder bei der Stange halten möchte, vielleicht würd' ich's auch eher anonym machen…Es ist so arschkalt im Moment, die scheiß, armen Obdachlosen, die frieren so, ich hab' anonym 50 € an die Berliner Kältehilfe gespendet, so viel Überfluss und so viel Mangel, man ist das eine Scheiße auf diesem verkackten Planeten…«
»Sie haben das Bedürfnis oder wieder, anderen zu helfen, für sie zu sorgen?«
»Vielleicht ist es auch das.«
»Eine Sehnsucht nach Familie, ihrer Familie?«
[Schweigen]
»Wovor haben sie im Moment Angst?«
»Ich, äh,…«
[Schweigen]

»Gibt es ein Leben danach, also nach dem Abkratzen, Doc?«
»Wenn die Menschen jung sind, glauben sie in der Regel weniger an ein Leben nach dem Tod. Der Tod erscheint noch weit weg, sie beschäftigen sich nicht mit dem Thema. Je älter die Menschen werden, desto mehr plagt sie diese Frage. Der Tod rückt immer näher an die Haustür heran. Der Wunsch, die Hoffnung nach einem Leben nach dem Tod und die Furcht vor dem blanken Nichts wachsen. Die Menschen beginnen, sich vermehrt an das Leben zu klammern…Ich weiß nicht, ob es ein Leben nach dem Tod gibt, auch mein Gefühl sagt mir noch nichts Eindeutiges dazu. Im Grunde genommen ist es unvorstellbar, dass alles plötzlich vorbei sein soll. Andererseits, warum sollte es nicht so sein?…Haben sie momentan Angst vor dem Tod?«
»…Ich habe Angst, nur ein Verwalter, ein Statistiker meines eigenen Lebens gewesen zu sein, dass ich nicht richtig gelebt habe…«
»Gibt es ein richtiges Leben?«
»Vielleicht nicht, aber was ist, wenn ich beim Verrecken auf einen Haufen Scheiße mit fetten Fliegen drüber zurückschaue und bereue, einfach nur bereue?«
»Ich denke, dass es wichtig ist, dass man beim Rückblick im Wesentlichen mit sich im Reinen ist und akzeptiert, sein Leben so und nicht anders geführt zu haben. Wenn man Dinge rechtzeitig erkennt, besteht darüber hinaus auch im Nachhinein noch die Möglichkeit, das eine oder andere zu korrigieren oder zumindest Frieden zu schließen, manchmal auch nur einseitig durch und für uns.«
[Schweigen]
»Äh, ich hab' da mal 'ne Frage…«
»Nur zu, Herr Schmidt.«
»…Wann ist eine Therapie beendet, Nicole?«
»Es gibt einen Mindeststundensatz, den ein Klient durchlaufen sollte. Das ist bei ihnen bereits geschehen. Im Grunde genommen gibt es aber keinen festen Zeitpunkt.

Sie oder ich, im besten Falle beide, spüren das Ende einer Therapienotwendigkeit und sprechen es offen aus.«
»Muss nicht irgendetwas Handfestes dabei rauskommen, ein Plan oder so was?«
»Die Landkarte, ihre Landkarte tragen sie bereits in sich. In einer Therapie ist es wichtig, die Landkarte erkennen, besser lesen zu lernen und die richtige Richtung einzuschlagen. Es gibt allerdings auch andere Therapien, die als absolute Krisenintervention dienen, oftmals auch medikamentös begleitet werden müssen. Das ist bei ihnen nicht der Fall.«
[Schweigen]
»Was ist die richtige Richtung?«
»Die Antworten haben sie bereits in sich. Sie müssen nur hinsehen und sich vertrauen. Das kann und darf ihnen keiner abnehmen.«
[Schweigen]
»Ich versteh' das nicht…Als Kinder sind wir weich, dann werden wir hart oder hart gemacht, dann suchen wir wieder nach dem Weichen. Warum musste ich dann erst hart werden?«
»Panzer und Schutzschilde haben auch etwas Positives. Sie haben eine Überlebensfunktion.«
»Hört, hört, ich denke, dass die mir immer im Wege standen?«
»Ein Schild schützt, es zu tragen, kostet aber auch Kraft. Darunter können sie ruhig weich bleiben.«
[Schweigen]
»Sie sehen traurig aus!?«
»Ach, irgendwie werd' ich das Gefühl nicht los, dass ich eine arme Sau bin…«
»Wenn sie heute durch diese Tür gehen, sind sie ein Stück reicher als beim ersten Mal. Diesen Reichtum gebe aber nicht ich ihnen, sondern sie sich selbst.«
[Schweigen]

»Eins noch, Herr Schmidt, ein richtiger Mann ist einer, der viel Wärme zulässt und sie auch nach außen trägt, was mehr Mut braucht, als ein Macho zu sein.«
[Schweigen]
»Mach's gut, Nicole…«
»Auf Wiedersehen, Herr Schmidt.«
Klick
»…Oder wie auch immer du heißen magst…«

Kapitel 30 - 10. KW, Freitag, 17.23 Uhr

[...]
Tuuut Tuuut Tuuut
»Seniorenresidenz Waldidyll. Sie sprechen mit Schwester Angela.«
»Guten Abend, ich würde gern mit Frau Karin Weber verbunden werden.«
»Augenblick, ich versuche durchzustellen, es könnte jedoch sein, dass sie gerade beim Abendessen ist.«
»Okay, danke.«
Tuuut Tuuut
»Karin Weber.«
»Hallo, Mama...«
[...]

Dank an Henry Chinaski